儚き青春の
愛と想いと
悲しみと

仙一

古川晋次

幻冬舎MC

仙一

儚き青春の愛と想いと悲しみと

目次

仙一は夢を見ていた。

父に手を引かれ、路面電車の石畳の線路の上を歩いていた。

自分はまだ3歳かそれより幼く、5本の指で父の左手の人差し指と中指をしっかり握りしめ、明るい夏の眩しい陽の光から逃れる様に、父の身体に寄り添って歩いていた。

父が言った。「このまんま父ぅちゃんと行くか」仙一は黙って頷いた。

幼い自分が行く先を分かっている。

「父ぅちゃんが一緒なら行く、母ちゃんは？　尚と一恵は？」

「母ちゃん達は後で来るよ」

仙一は、陽の光の眩しい程の明るさと暖かさの中で、父から受ける愛と、安堵の喜びを身体一杯に受けていた。

1952年

1. 始まりの伏見

そこは、二百年以上の長い年月を伝統で受け継がれた、酒造りの樽を何代もに渡り、洗っては乾燥させて又使う繰り返し。密かに生き続ける湿気に入り混じった麹《こうじ》と黴《かび》の匂いが、石床の上に冷気と共に漂う蔵の奥深く。

分厚い土壁の、高い場所に小さく切り取った窓から朝日が入り、湿った石床の上に四角く切り取って眩しく神々しいコントラストを描いている。

木本仙一は自問する。

この造り酒屋を辞めて、故郷の福井県越前の糠《ぬか》へ帰って、自分に何が出来るのか。郷《さと》に帰れば、農業か漁業の他に選択肢は無い。

あの辺りでの農業は、若い仙一にとって、母の静子やまだ幼い弟の尚、そして妹一恵を食べさせてやっとの生活しか出来ない。しかし、ここの酒造りで得る給金は家に送金も出来るし、酒造りの技術を習得し、杜氏への道も夢ではない。

その歳で、自分の目標や希望が定まらない未来への焦りが仙一を捉えて苦しめていた。

そして又家族と離れての辛い長い下働きで、先が見えない今の仙一だった。

秋、京都市伏見区の酒造会社〝紹山《しょうざん》〟へは半年越しで、仙一にはこの秋が2度目の上京だった。先輩達は、みんな兵庫県の但馬地方からの蔵人で、その中で、福井県の越前から来ているのは自分がただ一人だった。

仙一の育った越前海岸の糠は、海に面して鄙びた漁村だったが、仙一の家は、そこから山間に少し入ったところだった。

木本家は戦争で父を亡くした後、母が主になって農業を営んで、自分達兄弟を育ててくれた貧しい家だった。

長男の仙一は、中学を出て数年の間は農家を手伝っていたがその後、京都市伏見区の、酒造会社へ奉公に出たのである。

奉公といっても、酒造会社への出稼ぎの杜氏率いる集団の一員で、飯炊きと下働きから始まった。

たった一人の、頂点の杜氏を長い年月をかけて目指すが、杜氏に成れるのはその中でも一人か。

優秀な人材は、他の酒造会社へのトレードも昨今では有るのだが。

仙一は一家の収入の為、人生の方向性も決められぬ未熟な年頃にその道を選んで、収入の大半を実家に送り、弟達と母の為に頑張った。

その当時の酒蔵での蔵人は、酒造りの時期だけの仕事。

全体を取り仕切る杜氏は、親方とも呼ばれ、大概は年配者だった。

杜氏が蔵人をまとめて蔵元へ出向き、酒造りが始まるが、それぞれの分担と役割が有った。

頂点が杜氏で、酒造りの全てを取り仕切り、桶算《おけさん》とも呼ばれ、蔵の管理など全てを請け合う。

蔵元である経営者も、杜氏には一目を置く絶対的な存在で最高責任者である。

そして杜氏は、蔵人からも尊敬し慕われる人柄で無ければ成らない。

次に来る大事な地位が三役で、部門別に行程を分担し、蔵人を直接指導するのが頭《かしら》、そして麹屋、酛屋《もとや》を三役と呼び、蔵元によっては三番と呼ぶ事もある。

それぞれの持ち場があり、頭が取り仕切り杜氏と相談の上、その年の分担を決める。大概は若い者がその下で、三役の指示に従って上人、中人、下人と続き、それらの仕事は主に酒飯を洗ったり、道具の準備など全般の下働きを数人で熟《こな》し、仙一は未だその作業もさせてもらえず、飯炊きと雑用が主な仕事で、今回は2年目の秋であった。

仙一も、下っ端ではあってもその歳にしての収入は他の何処よりも良かった。

しかし、酒造時期が終わる3月に甑倒《こしきたお》しが終わって、作業場での始末整理をして一段落、そして帰郷と成る。


甑倒しとは……全ての仕込みの終了を祝う行事で、今年度の酒造りが無事終了した釜場の神に感謝をすると共に蔵人の労をねぎらった。甑は、酒米を蒸す為の道具、そして甑倒しは酒米を蒸す最後の日に行われる。「釜屋」と呼ばれる蔵人が釜場の神に扮し、倒した甑の上に座した形で祭壇をしつらえて行う。その年も、杜氏の弥平が代表で、蔵元やその他の蔵人達総出で玉串を捧げる。

仙一もその後郷へ帰り、不在の期間を埋めるが如く野良仕事に明け暮れる。

しかし、10月までの期間の農作物以外の現金収入は無くなるといった塩梅だった。

幼い弟達は、仙一が不在の時も、仙一のいない空白を埋めるが如くよく働いたし、仙一が一緒の時は、なお一層健気に働いた。

仙一と一緒で嬉しいのだった。

農作業は全て手仕事だった為、農業従事者にはシンドイ時代だった。

第二次世界大戦終戦後暫くしての１９４６年（昭和21年）ＧＨＱの指揮下、政府による農地改革で小作制度は廃止され、自分の田畑は、地主から半ば強制的に安い料金で払い下げられた敗戦後の大変な時期。

しかし、終戦後の荒廃した中にも、明るい光が差し始め、平和が芽吹き始めていた。

尚はまだ10歳、一恵も12歳の幼さだったが、しかし彼らは母の苦労を知っていてよく手伝った。兄の、仙一の言う事もよく聞いて、朝起きると暗いうちから家の裏の鶏舎で鶏の卵を収穫したり、朝食用のネギや青物なども、進んで裏の畑へ収穫に行った。朝ご飯を食べた後、徒歩で数十分をかけて山を下り、海側の小学校へ登校した。

末弟の尚が生まれたのは戦時中で、父の戦死広報を受け取ったのはそれから暫くしてからだった。故に尚は、父の顔すら知らない不憫な子だったが、辛い環境の中でも明るく元気で利発な子に育った。母の静子がそれを意識して、明るく振る舞ってきたおかげかも知れない。

その事を10歳の尚には分かる筈もないのだが。

その年の蔵人としての仕事を終えて帰郷をした仙一は、黙って野良仕事を熟した。仙一は、尚と同じ年頃には既に尚より身体も大きかった所為で、一人前の男に近い力仕事を熟した。ただ、その年頃では、母の指示通り以上の事まではまだ出来ていなかったが。

帰郷して早々の春に、田植えの為の準備にかかる。

先ず田起こしであるが、秋に稲を刈り取った後そのまま放置してある為、牛に引かせて掘り起こし、肥料を撒いて水を張るのだが、仙一の家では牛は飼っていないので、隣家からその時だけ借りてくるのだ。

田植えといっても3反分で、米に成っての収穫は約38～40俵分である。

それも、天候に影響されてもっと少ない収穫の年もある。

家族で1年を通して食べる分を蓄え、それ以外を出荷。

仙一が不在の時を考えても、年に約5、6俵を家族で消化し、30数俵が出荷する量に成る。

仙一の、伏見での約半年の酒造所で得た給金と、米など農作物の収穫で得た現金が、主な木本家の一年間の総収入になっていた。

家の周りの空いた土地で、葉物野菜やきゅうり、キャベツなどの種撒きは、母が収穫を考えて粗方仙一の帰郷前に済ませてくれている。

帰って早々に苗代田で稲の種を蒔き、1ヶ月余りで発芽成長した苗を今度は水田で母親と二人で田植えをする作業が待っていて、自分が家にいる間には、多岐に渡りする事が山積みである。秋には再び京都の酒造会社への上京が待っているが、米が実り、収穫までには中干し（土用干し）の作業が有ったり、刈り入れまでにも雑草の除草作業も度々必要である。

そして他所よりも早くに田植えを行い、その土地にしては早くに米の収穫をして家を後にする事になっていた。

母は、仙一が帰郷をしてからは、仙一を主に崇めて何事も仙一に相談をし、そして決めさせた。仙一が、自分達と一緒に過ごす間は、何も言わず仙一の手伝いをした。

それは起きる時間から始まり、食事も仙一の音頭で始める様にした。

仙一は、まだ18歳になって間もない、今の時代なら少年なのだが、家長として、父の居ないこの家を取り仕切り、父の代わりとして何処から見ても父性に陰りなく健気に尚と一恵への愛情を注いだ。それは、母の静子の想いが大きく後押しをしていた。

仙一は、もう既に亡くなった父によく似た大きな身体をしていたし肌は白く、骨格の大きな身体で顔の作りも深く、白系ロシア人の血を引くさまだった。

太平洋戦争から終戦を迎えた少年期には、見るからに日本人とは違う容姿が、同じ子供の間でも敬遠され、他の子供達に劣等意識をも感じさせる姿形による事から来たのか、友達もあまり出来ない、そんな寂しさを纏って大きくなった。

父の泰平にロシア人の血が混ざっていたのだが、泰平はカラは大きく色白でハンサムだったが、特徴的に顔の作りはそれ程でもなく、仙一にロシアの血が色濃く出たのであろうか。

本人は、大人になろうとしている中、他人からその事を言われるのは疎ましかった。


新参者の仙一の仕事は飯焚《かしき》。

酒造りの世界では、頂点の杜氏でも先ず飯炊きから始めるのは例外ではない。

そして誰もがそこから杜氏を目指す。

仙一の蔵の中の仕事はといえば、飯場の食事の用意以外には荷物運びや水汲みなど雑用が殆どで、麹米が蒸し上がった時などは、駆り出されてその麹米を作業場へ運ぶ事以外、酒造りに必要な仕事はまだあまりさせてもらえていなかった。

朝はまだ暗いうちから起き出し、朝食を作って先輩の蔵人達に混じって、下の席で自分も一緒に食べた。みんなが食べた後の片付けの後は、直ぐに昼食と夕食の買い出しが始まる。

飯場の男衆10数名分の食材の買い物は、賄い専門のおばさんと協力し合っても大変な量だった。おまけに、月の予算を決められて、その予算内でのやりくりは仙一がしていた。

献立は主におばさんの守備ではあるが、仙一にとっても骨の折れる調理場での仕事である。

大きな鍋を使う大型のガスコンロは5機あったが、仙一は文字通り飯炊を担当していた。

米の飯は、竃《かまど》で焚くから火を調整して最後まで放ってはおけない。

その代わり、今では味わえない炊き上がりの飯を口にする喜びで至福の一刻である。

十数人分で、3升の飯と味噌汁と干物、それにおばさんが作る糠漬けの漬物などが、簡素だが朝食で、それぞれのお膳で綺麗に速やかに無くなる見事な食事風景になる。

本格的な仕込みが始まると、昼食では黙々と食事が進み、誰もあまり会話をしない。

作業の行程を、親方が指示したり時には注意を与える。

そして昼食の後は、直ぐに再び蔵に入って作業が再開される。

しかし、酒を飲みながらの夕食は雑談を交えての楽しい一時《ひととき》だった。

親方である杜氏の木本弥平は、寡黙で優しい人でいつも穏やかに酒を飲みながらの夕食である。

杜氏の直ぐ次に、頭という役割が杜氏の下で現場管理をしたり、みんなの面倒を見る。

全体的には、部長の様な存在であるが、この人が又味付けなど、料理に口うるさい人で、常に料理の細々とした味付けなどの小言を言う。

「おばさん、今日の味噌汁は薄いなぁ、まるですまし汁みたいや」とか、

「今日の筑前煮は、甘さが足らんのと違うヶ」と、いった具合に。

それでも、賄いのおばさんは慣れたもので、仙一にウインクをして笑いで飛ばす。

頭の名前は川端安夫、うるさいながらそれでも彼は善人でみんなに好かれた。

文句ばかりではなく、時にはおばさんの糠漬けが美味しいと褒めたり、焼き色の付かない上手に仕上がった出汁巻きを「おばさんの出汁巻きは料亭並みで美味しいなぁ」と、褒めるポイントも弁《わきま》えてなかなかの役者。

だから、全体的には仕込みの最盛期以外は、いつも穏やかで明るい食事模様だった。仙一が入社して、自分より1つ年上の吉田一夫が、やっと賄いから解放された喜びか、隣の席から、何かと食事の最中に仙一に話しかけて来る。

1つ年下の仙一を、友達か兄弟の様に面倒も見てきた仲の良い先輩だった。一夫が先輩であるにも関わらず、いつの間にか「一夫」とか「お前」と、呼び捨てになっていた。

夕食のその時も、一番末尾で座って食べていた仙一に「お前、田舎に彼女は居るんケ？」

と一夫が。それは、ごく普通に若者がする発言だったのだが、不意を突かれて仙一は思わず食べていた物を口から吹き出した。近くで食べていた先輩の山村薫が「汚いなぁ」と、笑いながら茶碗を持ったまま、顔と身体を斜めに背けた。

座敷に座ったまま、自分の吐き出した物を片付けながら仙一は真っ赤な顔をして矛先をその一夫に向け「お前の彼女はあのタバコ屋のおばさんけえ」と一夫に向かって言い放った。

会社の門を出て、南へ10軒程行った市電の停留所前の、タバコ屋のおばさんを当てずっぽうに言ったのだ。一夫は度々先輩達に頼まれて、文句を言いながらも内心そのタバコ屋へは喜んで使い走りをしていたのだ。タバコ屋のおばさんの名前は朝倉タエ。40過ぎの、色白で色気のある自称〝元祇園芸者〟。

みんなの気持ちを分かって、さらに色気を振り撒いてタバコ屋を営んでいた。

一夫自身も、確かに使いっ走りを口実に、そのタエさんに会いに行く様なものである。タエ自身は、一夫の事はまだ子供気の抜け切らない普通の若者で、背も低く、顔も取り立ててよくもなく、色も黒い一夫など端から相手にもしなかった。

彼女には、通い夫が週に1度の割合で通って来ては1晩泊まって帰る、日陰の身であるが、それは、公然の事実として、近所でもみんながその事は知っていた。

彼女自身は、一夫と同じ様な年頃の少年でも、仙一に対しての内心は少し違った。若いにも関わらず大きな体躯と、ハンサムな風貌の仙一には、内心ただならぬものを感じていた。そんな、タエの気持ちなど知る由もない仙一。しかし、一夫はタエの言葉尻や僅かな振る舞いを横目で見て、仙一に対して少し嫉妬めいた気持ちが心の内にはあった。

夕食の時の仙一の一夫に対する一言が、まさかの冗談とは取れなかったのである。

一夫は、仙一の一年先輩で、今季から飯炊から下人に格が上がった。

下人とは、蔵人では下位に位置するが、それでも飯炊よりは上で、仙一が入ってきてからは一夫が仕事上でも上になった。

順調に行けば、来年には後輩が入り、そうなれば仙一にとってももう少し蔵の仕事もさせて貰える様に成る。仙一が放ったタバコ屋のおばさんの一言は、仙一の考えの中に深い意味はなく、唯の冗談だったのだが、仙一の言葉は的を得て一夫を焦りへと向かわせた。

一夫にしても、19歳にやっと手が届くまだまだウブな若者だった。

黙って食べさしのごはん茶碗の上に、ご飯粒の付いた箸を置き、真っ赤な顔をして立ち上がり一段下がった三和土《たたき》から、下駄を引っかけてすりガラス戸を開け放したまま出ていった。

驚いたのは仙一だった。大げさな事でもないのだが、今が思春期の真面目な一夫にしてみれば、それは急激に血が頭に上って目が回る程のその一言で意を突かれて、もはや冗談どころでは無くなった。

しかし、周りの先輩の大人達には、過ぎ去った我の青春を重ねて、思い返す程の事もなく、食事模様は一瞬のうちに元に戻り、何事もなかったかの様に和やかな中に続いた。

ただ、黙って燗酒を飲みながら、一夫と仙一の気持ちに想いを馳せていたのは杜氏だった。

杜氏の弥平は、仙一の叔父で他の蔵人同様但馬に家族を置き、単身上京をして蔵人をこの酒蔵に集合させ酒造りを仕切る。

弥平は、終戦のあくる年に満州から引き上げて帰国。直ぐに以前からの蔵人として働いていた。

この酒蔵に戻り、前から腕は買われていたのだが、年老いて引退をした前の杜氏から、自然に後を引き継ぐ様にこの酒蔵所の杜氏に成った。

彼の口利きで仙一が福井県から呼ばれ蔵人と成った。

だから、蔵人集団の但馬出身者の中に、よそ者の越前出身の仙一が一人混じっていた。

弥平は、仙一の父同様に大柄な男だった。

寡黙だが、思いやりのある人物で、みんなから慕われていたし、杜氏としても、充分な気質と素質を併せ持つ人柄だった。

弥平は、杜氏としてはこの世界では比較的早い出世と言える。

他の誰も気づいて居ない、弥平が仙一を見る目は、父親が息子を見る時のあの愛情豊かな眼差しだった。

仙一はその事に以前から気づいていた。

叔父なら、誰でも甥に対してかける当たり前の気遣いが、至るところで感じ取れた。

そして、仙一はその事に気づかないふりをするのに苦労をした。

沢山いる蔵人の手前もあり、肉親の関係は時として邪魔になる。

勿論、弥平にしてみても端に分かる様な態度を取る訳でもない。

仙一は、日頃から蔵人の仕事に誘ってもらった事に感謝をしていた。

本当は、父に対する様に弥平に甘えたいとも思っていた。

しかし、彼の下で働く多くの人達の手前そうもいかず、想いに反して知らぬ素ぶりをしてきた。

仙一は内心、弥平の下で働くだけ、それだけでありがたいとも思っていた。

父の泰平は、仙一が8歳の時に出征をし、それ以来父は、その時のまま仙一の心の中に生きている。

だが、記憶の中の父の思い出はあまり多くはない。

モノクロの写真で知っているあの顔が今、自分と働いている弥平と重なる。

そして、黙ってお互いが分かり合える、甥と叔父の関係が二人の間には存在していた。


仙一は、一夫に平謝りしていた。

一夫自身、あの場からは逃れたかったからだが、言われてみれば仙一の言う通りで、一夫は以前からタバコ屋のおばさんが好きだった。

少年が、身体の成長と共に青年に成りつつある時期の変化。

一夫の性的本能が、裸同士でタエと絡み合う姿を、想像から現実へ引き下ろしたい想い。

だが、それは叶わない願望か。

人生にはまだ未熟な一夫にしてみても、タエとの間に初恋の花が咲いたわけではない。

いや、やっぱり一夫にとっては、タバコ屋のタエが初恋に成るのか。

しかし、一夫には恋愛に対しての理想の夢があった。

自分と同じくらいか、少し年下で、すらーっとして色が白く、ポニーテールの似合う笑顔の女の子。それが一夫にとっての理想のイメージで、中年女性のタエではない。

タバコ屋のタエとは、まだ何事も起こってはいない一夫。それはただ自分の勝手な思い込みで、タエは肌を重ねたいだけの性的な対象だと考えている。

毎日頭に浮かぶのはタエの白い肌、唾液で湿った自分の舌をうなじから背中へ、脇から臍を通ってさらに下腹部へ……彼女の身体の隅々まで自分は知っている……想像の中では。

一夫はいつものとおり上役の使い走りでタバコ屋へ向かった。

ガラス戸を開け「タバコをください」と、声をかけると大概は奥の台所で用事をしていたタエが、「はーい」と、色気のある返事で暖簾をくぐってタバコ販売用の窓口に現れる時、その暖簾を潜る際の、着物の袖口から垣間見える二の腕がなまめかしく、それを見たいが為に、使いっ走りを買って出ていた。

いや、先年まで飯炊だった時からのいわば仕事でもあり、文句を言って辞退出来る様な事でも無かったが。

タエの、色白で悩ましい仕草が密かに一夫の性的な興奮を呼び、今ではその想像を巡らすだけで下着の中で変化が起こる。

それは、未だ誰も知らない一夫だけの甘い切ない事情だった。

タエの動きの先を想像した時は、仕事着のゆったりしたズボンの中で、自分の意思に反して身体に変化が始まり、他人に気づかれない様に誤魔化すのはひと苦労だった。

一夫の仕事は、まだ上からの指示通り動くことが中心で、そんな、空想に耽りながら仕事に励む時もしばしばだった。

一夫は、この酒造会社に入社して今年で3年目。みんなと同じ様に初めは飯炊きから始まった。

その最初の頃から、タエが好きだった様な気がする。

ただ、これが恋というのならそれは報われそうにない恋でもあった。

反射的に放った仙一の一言が、一夫の心の中のタエが対象の性衝動を、焦りと解決されないまま先を見通せない領域へと導いた。

一夫のそれが恋というのなら、仙一は未だ片想いの恋の相手すらいない。

仙一も、まだ女性を知らないし特定の女性を想った事もない。

仙一は、これまでまだ恋をした事がない。

これから先、どの様な相手が現れるのか分からない。

仙一は、いつか自分にも現れる、その相手を焦がれる様な恋に巡り会えるのか。

それは、少なくとも相手がタバコ屋のおばさんでは無い。

若い自分が、これからどんな女性と関わり、どんな女と過ごし、どんな人生を送るのだろうか。

想いだけは、あてどもない先へと、まだ見ぬ恋の相手へと想いは巡る。

この先に、どんな出来事が自分に起こるのか。どんな女を相手に恋をするのか。

仙一にとってもまだ大人になったばかり。いや、大人に成ろうとしている今、女の事を考えても仙一には動物的な衝動しか思い浮かばない。男とはそういうものなのか。

仙一が自問自答しても、自分の思う恋とは性行為でしかない、今のところは。

仙一の脳裏に浮かぶのは、一夫とタバコ屋のおばさんがそのまま裸で絡み合う悩ましい構図であった。夕食時、一夫に「仙一、お前は田舎に彼女が居るんけ」と言われるまではそんな事は考えてもみなかった事だったが、急に仙一の脳裏に今、まだ経験のない性行為を想像して自分がその主になった様な悩ましい蒼い性への渇望が頭をもたげてきた。

いや、以前から考えるよりも先に身体の核に変化はあって、その構図が出来つつ有った。

人間とは不思議な生き物。

思春期に入った年頃に、誰かに恋をして身体の性感が自然に昂まり、相手との性行為を欲する。

普通に成長をすれば、その様にプログラムされている様に、必然的に起こるのであるが、その事に誰も疑問を持たない。男女共、容貌次第で異性の群がり方に差が出来てくる。

まさしく、これからの仙一や、一夫にとってもその様に経験が訪れるだろう。

だが、本人達はまだその事には気づいていないのか。

仙一の働く酒造会社、紹山の前を市電が走っていた。
御影石（花崗岩）で出来た敷石が、線路に敷き詰められてそれが続く。
そして、コンクリートで固めた15センチ程の高さのプラットホームが、市電の長さ分の停留所の印である。夜になっても、民家の明かりと電柱の裸電球以外照らす物は殆どなく、それでも老人が転《こ》けたり、怪我をしたといったアクシデントは起こらなかった。市電伏見線は、京都市内から中書島《ちゅうしょじま》を結ぶ路面電車で、京都駅前から勧進橋を経て南へは中書島まで。

終点の中書島駅で、京阪電車へ乗り継ぐと、大阪天満橋、北は三条へと、それぞれ中書島駅で急行が連絡をしていた。

ただ、昔の市議会のあほうな決議で、市電は廃線と成り、現在は残念ながら京都市内には冴えないバスと地下鉄が取って代わり、市電は走っていない。市電が走っていた当時、京阪電車の上りが終点の三条まで地上を疏水と並行して走り、桜の開花の時期は、東福寺を過ぎると七条の手前から疏水《そすい》に沿い、京阪三条に向かって、電車の窓から桜並木を堪能出来た素晴らしい記憶が蘇る。

市電終点の中書島駅は１９５７年（昭和32年）に売春禁止法が成立するまでの間、柳町という花街で、売春街の提灯の灯りが、赤い怪しい光を放っていた。

因みに、日本で最初の市電の営業が始まったのは、１８９５年（明治28年）の伏見線で、七条から油掛（伏見区京橋）までの約７・１２㎞だった。

現在の京阪電車の始発駅は出町柳で大阪方面への淀屋橋行き以外に中之島行きも有り、途中京橋でＪＲ環状線に乗り換え、梅田や天王寺へ行く事も出来る。京阪特急が丹波橋、中書島で停車をし、丹波橋で近鉄特急とも接続をして大変便利に成っている。

仙一が勤めている酒造会社の門を出て、直ぐの停留所から京都市内への買い物や遊びに行く時は、丹波橋通りを挟んで南側の駅から北方向へ約20分で京都駅前に着くが、当時往復券を買うと25円、片道だけだと13円。途中勧進橋で支線の稲荷行きの無料乗り換え券を貰い、東へは一駅で総本山伏見稲荷大社まで行ける様になっていた。

2．夜店の少女

ある日の夕方、一夫が「後で夜店へ行かへんか」と、食事の後片付けの時に誘ってきた。仙一が「おう、ここ片付けたら行こか」

三役の川端が、食事の後片付けは仙一に協力するよう一夫に言いつけていた。一夫にしても、その作業は仙一が来るまでもやっていた事だから、慣れた作業ではあった。

毎月3回6の付く日、天気が良ければ夕方から丹波橋通りに夜店が出た。夜店といっても、ちゃんとした屋台は少なく、大概は地面に国防色のテント地などを敷いたりした安物の即席店だったが、その方が店を終わる時は瞬時に仕舞える利点もあった。

真夏なら、家庭によっては明るいうちから行水をし、子供達は綺麗な浴衣を着せてもらって家族で出かける夏の風物詩で、セルロイド船、風船つり、輪投げ、金魚すくい、飴細工、綿菓子といった、大概は子供向きの店で構成され、電柱から引いた裸電球が周りを照らす。

早くから暗くなる秋には、5時前から人々がめいめいの出で立ちで出かけて夜店を楽しむ。

秋も大分深まりつつある今夜で、今年は最後の夜店になるだろう。

仙一は、夕食の後片付けを早々と終い、百円札を数枚ポケットにねじ込んで、すり減った下駄を素足に引っかけ、一夫と夜店に繰り出した。

夜店の店先を歩いていても、一夫とは頭一つ分の差があり、遠くからでも仙一はよく目立つ。

昼間の営業が終わり閉店された商店のシャッターの前で、自家発電機の小さなコンプレッサーが音を立てて裸電球で照らし出された小さな飴細工の店。

店といっても、自転車後部の荷台に設置したビニール張りの風防が付いた簡素な物で、移動が楽な作りになっていた。

その風防の後ろで、年配の頭のてっぺんが禿げ上がったおじさんが、飴細工を、慣れた手付きで作っていた。

まだ少年の抜け切らない仙一は、引き寄せられる様にその屋台に近づいていくと、完成したばかりの飴の猿を、割り箸に凧糸で取り付け上下に動かし、「さぁ買った買った」と、仙一達に促した。

横にいた一夫が、我先にといった勢いで「それなんぼや、儂が買うわ」と言って握っていた百円札をおじさんに差し出した。

猿の木登りは手が込んでいて少し高い。と言っても飴の事で、子供でも買える金額ではあった。仙一が買おうと思っていた矢先又、一夫に先を越されたがいつもの事なので、仙一も特に、腹も立てず驚かない。

一応一夫は先輩だし、それに本当に欲しかったらもう一つ言えば作ってもらえるだろう。

仙一は、糠に残した兄弟への想いもあって、一夫には何事も自然に譲る様にしていた。

一夫の方が一年年上なのに、体格と行動や言動も含めて、二人を見る限りどう見ても一夫が年下に見える。仙一も、内心は穏やかでない時もあるが、諦めに似た感情が一夫に対しては支配的である。

何より一夫の、仙一に対しての甘えが、二人の気のつかないうちに、仙一の寛容さと抱擁力を鍛えていた。ところがその時、飴細工を巧みに作り上げていく、おじさんの作業に見とれていた女の子が、その飴色に灼けて変色したビニールの風防越しに仙一と目が合った。というより彼女は、最初から仙一を見つめていた。

まだあどけなさの残るその少女は、商店街の乾物屋の〝昆布屋〟の娘なのは仙一も前から知っていた。近所の人達は、昔からその乾物屋の久世さんを、屋号では呼ばず代表の商品で〝昆布屋はん〟と親しみを込めて呼ぶ。

そういった呼び名の簡略化は、その辺りでは別に珍しくもない。

他にも、菓子屋が以前は下駄屋を営んでいた為、未だにその名残で〝下駄屋はん〟と呼ぶ。

又別の駄菓子屋も、ハンコ屋が前世だった為、駄菓子屋にも関わらず〝ハンコ屋はん〟と呼んだ。子供達もみんな他に倣って、学校から下校して直ぐ、ランドセルを放り投げる様に置くと、母親に「ハンコ屋はんに行くさかい10円おくれ」と、親にその日の小遣いをセビって友達と待ち合わせて、駆け足でその〝ハンコ屋はん〟へ飛んで行くのが毎日の下校後の日課だった。

話は戻るがその少女、年の頃は13、14歳の可愛い子で、近所でも美人で評判の静かな少女。

髪型は、外国映画に出てくる主人公の様に髪を後ろに引きつめて、紺色セーターと合わせ、紺色のサテンのリボンをポニーテールに結び、白っぽいグレーのセミフレアスカート。

小柄で色の白いすらっとした、子供からやっと少女になったばかりの幼い表情の残る可憐な娘だった。仙一は、その女の子が他の数人の子供の間から自分を見ているのに、気づかないふりをして飴細工を見る事に集中した。

誰が注文をしたのか、早くも飴細工のおじさんが作るのは象の後のキリンだった。木の棒に取り付けた黄色く練った熱々の飴をハサミと手を使って器用に細工が進む。最後に筆で、薄い茶色を配してあっという間の完成である。

一夫が買った猿の木登りは、すでに棒には跡形もなく、内頬に出っ張って動いていた。

一夫もそんな時は、まだまだあどけなさの残る少年だった。

商店街とは言ってもアーケードがある訳でもない。

市電の丹波橋停留所から東に少し行ったところのスーパーマーケットの様な役割の公設市場。

公設市場からさらに東へ少し行くと、急な流れの濠《ごう》川という運河（その辺りの人は疏水と呼んでいた）があり、橋の袂に名前もない二畳程の小さな祠があった。

仙一は、夜店の流れでそこまで歩く積もりだったが、一夫が早くも「帰りにタバコ屋へ行かへんか」と言いながら一夫の目は、仙一とその女の子の間を何度も往復しながら、仙一に囁く様に言った。

「誰かにタバコを頼まれたんか」と、仙一に尋ねられたが、その質問には答えず一夫が歩き出した。

仙一は、飴細工を諦めて一夫の後に付いて歩き出した。

本当は仙一の1歩が一夫の2歩なのだが、背の低い一夫を気遣ってそんな時は仙一も、小股の早足になる。だが、そんな仙一の配慮ある思いやりは、一夫には届かない。

仙一は、背中にその女の子の視線を感じながら、一夫と一緒にタバコ屋へ向かう。

夜店はまだまだ盛況で、裸電球の灯りで夜店を楽しむ人々を照らす中、仙一達は通りを後にした。目的のタバコ屋は、そこから西に少しの距離。今、向かっているその店のガラス戸が開き、すっかり暗く成った通りに明るい蛍光灯の光が漏れ、明かりと一緒にヌーッと首を出しておばさんがこちらを見ている。一夫と仙一を見ている姿だった。

そのタバコ屋は、タバコの他にも酒類とおつまみ等やジュースなどが置いてあって、仙一も時々ラムネにサイダーやジュースを買いに行く事があった。

だから仙一にとっても馴染みのタバコ屋ではあった。

一つ通りを越すと、その次の通りの角、電車の停留所の前にそのタバコ屋はあった。

「一夫ちゃんと仙ちゃん、夜店はどないやったんぇ」

仙一が「一夫に先に飴を買われたんで、儂は買えなんだ」おばさんは「一夫ちゃんは悪い子やねぇ」と、一夫を諫める。と、一夫が「仙一は女の子に夢中で、飴どころやなかったんや」

「お前何を言うか、儂はそんな事してぇへんでぇ」と、真っ赤な顔になって仙一は弁解をする。

側で聞いていたおばさんが「仙ちゃんはええ身体してるし、男前やさかいモテるんや」

「一夫ちゃんは、他人《ひと》の事を冷やかしてんと、あんたも早よ誰かえぇ人探してきたらどうやぁ」

タバコ屋のおばさんは、染み付いた過去の水商売の仕草と物言いが、ふとした時に言葉の端に出る。若い仙一達にも、崩れた過去の癖などが垣間見えて、それが中年女の色気と錯覚する。

仙一と並んでいた一夫の顔も真っ赤になった。

しかし、話をしながらもタエの視線は、仙一の顔から徐々に下がって、衣服をまとったその中を品定めしている節がある、何時もの事だが。

仙一は、まだ18歳の若者ではあるが、既に立派な風格のある大人のというか、体格が衣類の外からも感じられる。それは力仕事によるものと、受け継いだ血筋か。一夫と比べても仙一との違いが分かる。

仙一は、自分自身の身体の奥深いところで変化が訪れている事は自分でも気がついていた。

それは、若い成長期の青年が誰でも体感する、思い通りにならない性的な欲望で、その鬱積が成長と共に身体の芯に大きな塊となってそれが仙一にも起こり始めていた。少年が、自分の身体が大人に成ろうとする変化に、客観的に気がつくのではない。時には異性を見て身体が反応する。仙一もそれはもう数年前から徐々に体現してきていた。

それが大人になる事であり、人類の全てが通る公平な試練、いや成長であった。それを、歓びと捉える若者が殆どで、仙一の様に戸惑いを感じる人も少なくはないのだが。

仙一の働いている酒造会社の前、市電の線路を渡って直ぐ向かいに、少し端が傾いた中二階建ての古い家があった。その家に8歳位の男の子がいた。

8歳位というのは、越前の尚が10歳なので、それよりは小さいからそう思ったのだった。仙一はその子が少し気になっていた。

その少年を見ると、色の白い華奢な事も相まって越前の尚を思い出してしまうのは尚も色が白く、体格がその少年とよく似ていたからか。

暮れの正月休みの帰省まで、尚には会えない。

今頃、尚はどうしているのか、一恵は母のお手伝いを頑張っているのか。

その少年を見るたびに、そんな想いで郷愁を掻き立てられる。

彼らと離れて遠いところに自分はいる。

そして仙一は今、将来を見通せない焦りが常に付きまとい、愛する家族達への距離を更に強く感じていた。


仙一の働いている造り酒屋には、ペンキの剥げた薄水色の古い大きな木造の門があった。

営業車をはじめ、休日以外の昼間は誰でもが自由に出入りが出来るように開け放してあった。その横の通用門も、特別の時を除き夜間でも、常に人が出入り出来るよう施錠はされていなかった。その門を入って直ぐ右方、御影石で出来た数段の石段を上がると事務所があり、主に、そこでは搬入搬出の書類、納品、出品伝票にハンコを押してもらったり、その他諸々の事務手続き全般を処理する為の所だった。

いわば、そこが会社の玄関であり、顔でもあった。

続いてその奥にはガラスで仕切られた研究所があり、新製品の酒のブレンドや、品質検査を主に行っていた。数名の事務員と白衣を着た研究員、それに営業担当者達が主に常駐しているところで、部外者も自由に出入りが出来る大らかな時代の造り酒屋だった。

その少年は、母親が奥の瓶詰め工場でパート従業員をしている事もあり、自由に出入りしていた。時には友達数人で中に入り、遊び場となった。

その酒造の総面積は広く、使われなくなった設備などの保管倉庫や、建て替えで出た廃材の山もあり、空き地も至るところにあったので、子供達には格好のワンダーランドに成った。

会社全体の大きさは、校庭を含む小学校がすっぽり入る程の広さがあり、手付かずの地域もあった。その少年と仙一とは、敷地内でもよく顔を合わせるので、以前からちょっとした顔馴染みでもあった。

今年は12月28日が日曜日だから、仙一が正月休みで実家へ帰れるのは週が明けた火曜日の30日になるか。実際は、仕込みの都合でみんなが正月に家へ帰れる訳ではないが、今年も昨年に続き、年明けの4日まで正月休みは貰えるだろうか。

まだ、大事な作業をあまりさせてもらっていない仙一に、年末からの正月休暇が何日貰えるか否かは、親方の判断で決まる。

本当は、仙一も12月24日のクリスマスイブにプレゼントを持って糠へ帰り、尚や、一恵の喜ぶ嬉しそうな顔を見てみたいのだが、正月の前にそれは叶わない。

酒蔵から歩いても3、4分程の距離に丹波橋公設市場があり、賄い料理の主な食材はそこで調達していた。

営業用の、がっしりした黒塗りの自転車の前と後ろの大きなカゴに、どっさりと買い出しをして、時にはそれが、2度、3度往復の日もあった。

公設市場内には、八百屋、魚屋、肉屋、鶏肉店、天ぷら屋、本屋、それに化粧品屋や小間物屋まであり、その辺りのそれぞれが、個人商店ではあったが、今時のスーパー感があった。

その当時、夕方近くにでもなると、その辺りは一番の賑わいを見せていた。

それに、公設市場の東側の並びには眼科と内科、そして歯科までが軒を並べ、戦後7年近く経って、やっと人々の生活に、人間らしい暮らしが戻ってきた時だった。

3. 誘惑の白い肌

その日の午後遅く、仙一は事務所で使いを頼まれた。

専務の藤田が、仙一を事務所へ呼び付け「木本、すまんがこれから酒を一本、隣町の木村さんの家へ届けてくれへんか」「はい、分かりました」「仕事ももう終わる時間やけどすまんな」と。その時、藤田は含みのある薄笑いを口の端に浮かべていた。

仙一はそれには気がついたが、微妙な表情を年の取った上司を相手に、問い質す訳にもいかず、見ないふりをして、日本酒を手渡されるまま、それを持って自転車へと向かった。

自転車を使う程の距離でもなかったが、小豆色の唐草模様の風呂敷に包んだ、日本酒の一升瓶を前カゴに乗せ、指定された住所へと自転車を向けた。

先日、専務がお世話になったお礼と言う、藤田の説明をそのまま包み込んで。

仙一はまだ仕事中でもあり、薄灰色の綿の上下の作業服のまま目的の家へ向かった。

届け先は会社から自転車で2、3分の距離にあった。

市電通りから1軒路地に入った、焼杉板塀に囲われ、濃い銀色の瓦屋根を配した垢抜けた比較的新しい家で、ガラスのはまっていない格子戸を開け、石畳を数歩入ると、今度は、摺りガラスで奥が見えない格子戸がその家の格式を窺わせた。

仙一は、格子戸を開けて「ごめんください」と、訪問を告げた。

奥から、あでやかで艶《つや》のある女性の声で「はーい」と返事があった。

仙一は、綺麗な人を思い描きながら、声の主が出てくるのを待った。

やがて、思っていた以上に色白の綺麗な女が、ガラス戸を開けて戸口に立った。

仙一は、その女性を見るなり言葉が出なくなり、両手で抱えていた風呂敷包みの持つところが夏の暑い日でもないのに、瞬時に汗でじっとりと手に絡んでくるのを感じた。

その人は、糊の利いた白地に薄灰色の矢絣《やがすり》の浴衣を着、細畝の博多帯をキリッと結んだ出で立ちで玄関に立った。風呂から上がって間がないのか、浮かした襟の頸からは少し汗が滲み、白地の浴衣地が汗で湿って、白い肌が浮き出て見えた。仙一の心臓が早鐘を打つ。

仙一は、まるで見てはいけない物を見た時の様に目を下に逸らしたが、今度は帯下《おびした》の生地の重ならないところに微かに白い肌の透けるのが目に入ってきた。

仙一は、そこから目を逸らし再びその女の顔へ視線を戻した。

「あのう、紹山ですが専務の言い付けで日本酒を届けに上がりました」

幸い、用意しておいた言葉が考えるより前に口に出る。

「ああ、専務の藤田さんからね、お使いご苦労様」「ちょっと上がってお茶でも飲んでってくださいな」女は如才なく言い、上の座敷へ仙一を招いた。

いつもならこんな時、仙一は〝いえ仕事中ですから〟と断るのだが、この時は、釣られる様に上擦った口調で「そうですか」と。

まるで抵抗の出来ない何かの力が働いているかの様に、女の言われるまま、仕事用の汚れた古いズック靴を脱ぎ捨て、後も振り返らずに玄関から付いて上がった。

素肌に白い矢絣の浴衣をまとう肉付きの良い尻が、手が届く距離で誘う様に動く。

仙一にとっては今まで経験をした事のない、本能そのものが呼び起こされて、気持ちが一気に高揚した。まるで、誘われているかの様な錯覚と、そこを触りたい衝動が、止まない心臓の鼓動の、リズムと連動してズボンの中では異変が起こっていた。

慌てて風呂敷包みで、その部分を隠したが、直ぐに畳の部屋に招き入れられて女は、その包みを仙一からもぎ取る様に「ありがとうございます、こちらに貰いますね」と。

仙一は、その場ではどうする事も出来ず、ただ黙って促されるまま座布団の上に正座した。

座布団の上で正座をすると、その鼠色の作業服の上からでも分かる、はち切れんばかりに突っ張った股間の様子がありありと見て取れた。女はそれを分かってか、しかし知らぬふりでお茶の用意をと、台所に消えた。仙一は自分の異変を、何とか分からない様にしようとするが、果たして。どうやら仙一の状態、それを隠す物とてなかったし、在るがままでどうする事も出来なかった。一夫と一緒に風呂に入ると、いつも言われる。「仙一、お前のはでかいなぁ、ちょっと、どのくらい大きくなるか見せてみいや」と、風呂場で興味本意に触ってくる。

だが、それに比例して仙一の身体も大きいのだが。

初めは、女の匂い立つ様な色香に見入って酩酊していたが、それどころではなくなり、出してもらった熱いお茶も、ゆっくり味わないまま早々に飲み終わり「ごちそうさまでした」と立ち上がったが、そこへ膝を付いたその女が、後ろから仙一の腰に抱き付いてきた。

経験のなかった仙一は立ったまま、女のされるがままに陥った。

いきなりの事で抵抗も出来ないまま、ましてや後ろから仙一を手で掴む様にされたのでは他に道はない。いや、これは今まで自分が求めていた事だ。

女の豊かな経験と、その熟達した誘いが、否応なしに仙一を一気に性の世界へと導いた。

初めての事とはいえ、本能に全てを支配され、女と対等に対峙するまでにそんなに時間はかからなかった。そして仙一にとってはその時が、初めて女性を経験する事となった。

あれから数日が経った。

仙一は、あの日の出来事はまだ誰にも話していない。先輩の一夫にも、あの時の事は話していない。あの時は幸い、夕食の時間にはなんとか間に合って、おばさんにはそれ程の迷惑もかけずに済んだ。もし、一夫にあの出来事を少しでも話せば、根ほり葉ほり聞き出され、裸にされ、彼女との関係を、たちどころに陽の当たるところに晒け出されてしまう。

一夫が相手では、少しでも話せば、糸口を掴み饒舌で捲し立てられ、どんな些細な事にも秘密が持てない。仙一は、あの時のあの出来事に囚われつつあった。

自分の身体全体で、女との隙間のない密着した肌と肌。

隠微な動きで奥深く繋がる、目眩く時を超えた官能の嵐の中。

頂点までの、狂った時間の観念が支配する、現実と隔たりのある異世界。

あの事があったあの時から、仙一は自分の気持ちと、物を見る全ての視点が変わってしまった。

専務の藤田とは、時々事務所で顔を合わせるが、八重子の事は専務がお膳立てをしたのではないかと憶測するよりも、むしろ確信となりつつあった。

藤田と事務所で顔を合わせた時、包みを届けてもらったお礼の言葉はあった。

あの日、藤田の口の端に浮かんだ微妙な意味を含んだ笑顔が、仙一は気になっていたが、やがて仙一はそれを好意的に捉えて藤田の、仙一が大人になる儀式をお膳立てしてくれたのではと、考える様になった。男女の世界でそんな好意的な事などある筈もないのだが。

仙一は、あれ以来八重子が忘れられない。初めての八重子との行為が忘れられない。八重子の、透き通る様な白い肌が、行為の中で汗に光り、滑りと共に隠微なリズムと音が耳に蘇り、再びあの時の様な関係を持ちたいと思っていた。明けても暮れても仕事の合間にもその事で頭が一杯で、収まらないその気持ちが今、仙一の全てを支配していた。

ここから歩いても3、4分程の距離に彼女は住んで居た。

しかし、仙一はそこへ行く勇気がなかなか持てなかった。

たった一度の、行きずりの様な関係で、彼女に愛などはないだろう。

仙一にとっても、あの時の性行為が八重子の全てだった、今のところは。

色白で美人の30代のしかも性技に長け、向こうから仕掛けてきた事に裏がある様にも思える。

しかし、仙一にとっては初めての女性との経験だった。

仙一も、藤田と八重子の関係をまだよく掴めてはいない。

八重子は旦那もいない独身の筈。しかし、自分がこれからどれだけ八重子が好きになろうと、簡単に事は運ばない気がした。仙一は、八重子とはたった一度の関係を持っただけで、藤田には何の意味もないだろう。藤田は中年を過ぎて、妻も成人した子供達もいる様だ。

自分はまだ18歳の若い一介の新米社員である。

それとも自分の〝男性〟が標準ではない事、それは仙一が昨年に入社して間もない頃から社員風呂で、先輩の一夫に冷やかされ、他の先輩達にも確認され、それが社内で話が広がってみんなの知る事となって久しい。藤田が喋ったのだろうか、その事が八重子の耳に入り、せがまれた藤田が、八重子の家へ注文の日本酒配達を口実に仙一を差し向けた。

いわば八重子への貢物として仙一が選ばれたのか。あるいは賭けをしたのか。

多分、後者の賭けをした方が筋が通るのではないか。

八重子が、藤田と清酒一本を賭けて仙一をモノに出来るか否か。

仙一は事の始まりを思い起こし、そのシナリオが一番分かり易いと思う様になってきた。

あの時、事の後で裸で俯けになって寝そべっている仙一に、着物を巻き付けただけの姿で、背中に身体を預けて「やっぱり大きかったわ」と、仙一の耳元で囁いた。おそらく八重子が、藤田と酒一本で〝仙一〟を賭けて、モノにした事が、仙一の中で確定しない結論となって治まった。

4. 家族への想い

仙一は、一夫と二人で京都駅前の丸物百貨店へ出かける事になった。

一夫が、前日の土曜日から煩い程、仙一に付いて回って丸物百貨店へのお出かけの計画を練り、予定をたてる。「なぁ仙一、明日《あした》丸物へ行く時何を着てゆくねんや」「仙一、儂は丸物の食堂でオムライスか、ハヤシライスが食いたいねんけど、仙一は何を食べる?」とか「仙一お土産は何にするんや」と、お膳を用意しながら付いて回る。

仙一は本当は「一夫、うるさいからあっちへ行っとけ」と言いたい言葉を飲み込んで、黙って苦笑し乍ら一夫の振る舞いを許す。

他人が見ればどちらが先輩だか分からない。

それもその筈、年齢は一夫の方が一つ上だが、二人の話や素ぶりを見ていると一夫は子供っぽく、仙一より体格も遥かに小さい。まるで仙一の側を喜び勇んで走り回る仔犬の様だった。

当日は朝からよく晴れ、出かけるには最適の天気になった。

会社の門を出て直ぐの、丹波橋停留所から市電9番の京都駅行きに乗り、京都駅前の丸物百貨店が目的だった。

一夫も、弥平と同じ地域に住んでいた縁で、弥平に誘われて香住からの蔵人は、今年で3年目になる。帰郷する時の母や父への土産を探す目的は仙一と同じなのだが、一夫はそれよりも食事と、屋上の観覧車が目的の第一候補だった。

京都駅前の丸物百貨店の屋上にあるその観覧車は、子供が主に乗る乗り物だが、屋上の、さらに上から眺める3、4分程の、京都市街の眺望を楽しむ。

大人達も子供を出汁にして便乗し、その景色を楽しむ人も多かった。

仙一は、年末の越前へ帰郷の家族の為の土産が第一の目的だった。

尚と一恵、それに母への土産は頭の中ではもう決まっていた。

店とて碌にない郷で一番喜ばれるものはやはり衣服だった。

しかも、越前の住人にとっては京都は大都会で、丸物百貨店での洋服は、特に嬉しい一級のお土産だった。毎月の仕送りでそれ程の余裕もない仙一。

しかし、今年は弟達にはセーター、母にはカーディガンでいいのがあったらと考えていた。

後1ヶ月程の帰郷までに、買い揃えておかなくてはならない。

今日は、そのお買い物の当日。

家族のみんなが、仙一のそのお土産を楽しみに待っている筈。

仙一も、みんなの喜ぶ顔を見るのが今から楽しみなのだ。

電車の揺れに任せて窓外を眺め、一夫のはしゃぐ話を耳にしながら、仙一の心は窓外の景色がやがて知らぬ間にあの日の目眩く記憶に遡り、その事に想いを馳せていた。


市電は丹波橋を出ると、棒鼻、七瀬川、勧進橋と過ぎ、大石橋から、やがて国鉄の陸橋を跨ぎ塩小路高倉を左へ曲がると直ぐに国鉄京都駅に着く。国鉄京都駅北に、目的の丸物百貨店が大きく聳えていた。京都駅から更に市電で数駅北へ行けば、烏丸《からすま》界隈には大きな百貨店や、そこから東へ歩いても行ける距離の河原町には他の百貨店もあった。

だがその当時、京都伏見方面からの庶民派には丸物百貨店に人気があった。

丸物百貨店は、地元の人間をはじめ、他県から国鉄を使って、滋賀県や大阪高槻界隈からの人々にも憧れの買い物が出来、大衆の憩いの場でもあった。

仙一達は、着いて間もなく売り場の1階から上階へとひととおり下見をした後、あらかじめ、話し合っていたプラン通り、6階の大食堂には11時過ぎに入った。

特に日曜日は、お昼近くになると客達はその大食堂へ集中する。

仙一と一夫は、広々と山並みの見える窓辺の丸いテーブルに、席を取る事が出来た。

そして、仙一と一夫は、予定していた念願のハヤシライスを注文した。

ガラスの陳列ケースの見本を見て日の丸の旗を立てた、お子様ランチを注文したかった二人だった。しかし、十代でも大人の風態の自分達が、旗の立ったお子様ランチを注文するのは恥ずかしさもあって流石に出来ない。やがてオーダーした物が席に届いた。

綺麗な大きな、銀線入りの白い皿に盛られた、白いご飯と赤茶色のトローッとしたスープ様のハヤシライスが、皿とは別のグレービー・ポートにレードルが添えられてテーブルに届いた。

仙一達は、今まで経験のない豪華な仕様にちょっとドギマギしながらも、ご飯にかけたハヤシライスを口に頬張った。

初めて食べたハヤシライスは本当に美味しかった。

仙一は、糠の尚にも一恵や母にも食べさせてやりたいなという想いを秘めて食事は進んだ。

やがて食事も終わり、二人は屋上に上がって観覧車の前まで来た。

糠で待っている家族への想いを引きずりながら上がってきた仙一は、北の方角に目を凝らした。京都でも一段と高い比叡山が、東山の稜線に高く聳えていた。

あの比叡山の稜線の向こうに糠がある。

自分は、家族の待つ家へもうじき帰るんだな。


一夫は、一人で狭い観覧車に乗り丸物の屋上からの３６０度の京都市内の展望を楽しんでいる様だった。仙一は屋上で観覧車から手を振る一夫に笑顔で手を振って答えながら、家族への想いも重ねて、先の見えない不安定な気持ちに陥りかけていた。

帰郷のお土産を買い終えて百貨店の外に出ると、11月に入った京都はそんなに遅い時刻でもないのに、陽は落ち外はもうすっかり暗くなっていた。仙一と一夫は、それぞれの買った土産物の包みを抱えて、御影石を敷き詰めたレールの上を歩いて市電の駅に向かった。

駅といっても京都駅前も、他と同じ15センチ程の高さのコンクリートのプラットホーム。日曜日の夕方という事もあって、車内は買い物帰りの客で大変混雑していた。

一夫は、乗り込むなり厚かましくもそそくさと座席に座ったが、仙一は遅れを取った。混雑の中、人に揉まれながら一夫の前のつり革を持って立った。

一夫の座った隣のシートには、身体の大きい仙一には、どうせ座り切れなかっただろうその隙間に、そそくさと小太りの中年過ぎの女が照れを隠してか、無表情を装い隙間を埋めて座った。

仙一達を乗せた市電は、キーキーと甲高いレールの軋み音を立てながら直ぐのカーブへ動き出した。塩小路に入り、速度を増しながら次のカーブまでの短い直線を走り出した。

混雑した車内の乗客は、みんな倒れないよう、つり革にしがみ付き、まるでラインダンスでも始まるかと思える様な動きで、電車の揺れに身を任せた。

電車は国鉄のアーチ状の鉄橋を通り抜け、右から左に折れると一路、伏見に向かう。

途中の大石橋駅で、数人の乗客が乗ってきた。

その中に、地味な和服姿の女が一人、何気なくその人を見て仙一は慌てた。

咄嗟の事で、何故慌てたのか自分でも分からないが、それは紛れもなく八重子だった。

仙一からは離れていて、彼女は仙一の事には気づいてはいなかった、暫くの間は。

仙一は、心臓の早鐘の打つ、とてつもなく大きい音を自身の耳で聞いていた。

一夫もそんな、仙一の視線の先の車内の端にいる八重子の姿を人混みの間から捉えた。

一夫は、座席の低い位置から上目遣いに、人混みの隙間を窺う様に仙一と八重子を往復し始めた。仙一に何があったのか、あの女と仙一は何処までの関係なのか、そういう事にかけては誰よりも敏感な一夫だった。

そういえば、仙一は数日前の夕方、配達から帰ってくるのに大分時間がかかって、食事の支度に遅れた事がある。

食事の後、仙一は何故か、自分に何も言わず先に風呂へ入った事があった。

その時の仙一を、一夫は思い出した。


八重子は、東山区の知人の家を訪問した帰りだった。

彼女は、東山通りから乗った市電を大石橋で、伏見線の中書島行きに乗り換え、肥後町の自宅へ帰る途中だった。日曜日の夕方は、京都市内からの買い物帰りの乗客で、車内は混雑をしていた。この混み方のままで、降りる先の〝肥後町までは20分は立っていなくてはならないわ〟と、思いながら車中の人となった。一廻り見回して、空きそうな席のない事を確認して〝やっぱり座るなんて無理だわ〟と、思いながらも吊革にぶら下がり、電車は直ぐに走り出した。

暫くは、何も考えず通り過ぎる暗い外の町明かりをぼんやり眺めていたが、ふっとガラス窓越しに、周りとは頭一つ分以上背の高い男が、自分を見つめている。

八重子は、それが先日の仙一だと直ぐに分かった。

あの時の〝男〟が自分を見つめている。仙一は、10代のまだ少年ともいえる18歳の若者だが、彼はどうやら外国人の血が入っているのか、彫りの深い端正な顔立ちに加えて、骨格も背丈に合わせて大きく、女から見てもなかなかの魅力を持っている。

しかし、若さ故の完成されない未熟な青年でもあった。

女にとっては、惹きつけられるものがあの仙一には存在する。

実は、八重子にとっても、仙一との裸の交接があの日以来忘れられない。

八重子は過去の豊富な男との経験の中で、自分の好みがはっきりとした男性的嗜好を持っていた。しかし自分にとって、仙一は若過ぎる。

まだ熟し切っていない若い身体にも関わらず、大きな骨格の弾けるような全身で包み込む様な仕草で抱かれたのは八重子にとって初めてだった。

粘り強く自分の性感を探し当て、抱擁されるあれは、自分が探し求めていたもの。

八重子は、仙一の目線を感じながら、自分と交わった時のあの熱い関係が脳裏で蘇ってくる。

でも、私にはあの人がいる。あの若い子を相手に、あれ以上の関係は続けられない。と、思いながらもあの時の事を考えると、身体の芯から熱いものが滲み上ってくる様で、その考えと窓ガラスに映る彼の事を頭の中から振り解こうともがいた。

そして、あの目で自分を見つめ続けている。あの目で自分の記憶の中に絡み付いてくる。

情念の脂ぎった目で、はち切れんばかりの白い皮膚で、絡み付いてくるあの一途な若者。

あの時は、噂に聞いた〝持ち物〟に興味を持ち、酒造会社の藤田に手配をさせ、我が家で仙一をモノにしたのは、藤田と賭けをしての、一度だけの軽い遊びの積もりだった。

その賭けの品が一本の清酒。

哀れな藤田にしてみれば。

既に関わりのない八重子に、内心未練を持ち続け、心の内には複雑な葛藤があり、それが尾を引いている。ましてや自社社員の風呂場での例の噂の相手。自分が口から漏らした仙一の〝物〟に八重子が賭けを持ちかけた。仙一は年齢としてはまだ少年。

しかし今回、酒一本で仙一をモノにするかを賭けた時も、ただの賭け事としてだったが、藤田の内心に穏やかでない想いが潜んでいた。八重子との関係が途絶えて久しい今でも、内に悶々とした彼女への性の欲望を抱えていて、清流の流れる様な気持ちで、八重子との関係が割り切れている訳ではない。

八重子にとっての藤田は、過去に何度かは関係があったものの、それは既に終わった事で藤田との関係は途絶えて久しい。元は自分の勤めていたバーの客でよくお金を落としてくれた。藤田はお金はあっても身体は貧相で、生まれ付き片足が悪く、引きずって歩く。おまけに八重子にとって一番大事な性的関係においては、八重子の好みからは程遠い男で、八重子から距離を置き始めて久しい。最近では藤田とは飲み友達で、八重子からしてみれば、まるで男同士の友達の様な希薄な関係がお互いの間で続いていた。

安原武男とは、数年前からの関係で、八重子の性のあり余る様な希望をも大きな身体で叶えてくれる、八重子にとっては理想に近い男だった。

藤田とは、八重子が仙一と関係が持てるかどうか酒一升を賭けたその事は、安原には内緒の話である。安原は、藤田とは八重子が勤めていたバーでの古くからの顔見知りで、八重子がバーを辞めた今では藤田と自分を交えて麻雀をしたりの飲み友達である、表面的にはだが。

安原は、藤田との過去の関係は八重子から聞いて知ってはいたが、店の客としての愛想で、過去に数回付き合っただけの貧相な藤田を、再び相手にするとは思えない褪せた古い傷の様なものだと思っている。八重子にとっての現在の藤田は、傷さえも消え失せた様な相手だった。

それに、八重子と安原の男女の関係はまだ続いている。

続いていると言うよりも、八重子は自分を抱いてくれる安原に満足をしていた。

ただ安原には、女房と子供が常に待っている幸せな家庭が背景に有り、安原との関係をそれ以上進める事は出来ない。八重子の手には負えない領域が安原には有り、重く八重子を拒絶している。反面、安原はやきもち焼きで、藤田と一升瓶で男を賭けたなどとは、滅多に言えない性格の男である。八重子は大胆な女だったし、性に対しては貪欲で常に相手が〝欲しい女〟だった。

八重子の本質は、性に対しては飽きる事を知らないし〝一人の男では歓びは一つ、自分のこんなに綺麗な身体を道具に、その歓びを欲しいだけ味わいたい。一人の男を相手に終局的な完成を目指す訳にはいかない〃……と、普段は身の回りを綺麗にまとめ、貞淑な女房にでもなれる女なのに、腰紐を解けばどの様な淫乱の中にも、自分から喜んで拓く快楽を求めて止まない女となる。

仙一は、一度でそこに嵌ってしまったのか。

男が初めての女性に目覚め、最初にそれを覚えると忘れられなく成る。ましてて、初めての女性との性行為で快楽を経験すると、相手次第ではそこから抜け出せなくなる。仙一が自分を見つめて目を離さない。

揺れる電車の中、暗い外の町明かりを背景にガラス窓を通して、見つめ合う二人。だが仙一は、やがて市電の窓ガラス越しの自分と、八重子の視線の絡み合うその先を一夫に見られて、先日の空白の時間を悟られている事に気づいた。

あれから、数日が経った。

仙一は、仕事場では何事もなかったかの様に下働きに明け暮れる日々が続いた。

あの日、藤田と八重子が自分を賭けたと想像するに至った仙一は、会社の事務所で藤田に会っても、上司に対する挨拶以外の会話は無かった。


専務の藤田は、八重子が仙一と関係を持った後、八重子が仙一と再び関係を持ちたいと思っている事を、八重子を交えた麻雀の席での会話の中で既に感じていた。

だから、事務所で仙一と会った時に、素知らぬ振りをする事が一苦労だった。

背は低く、浅黒くずんぐりとした身体的にも引け目を感じる藤田。

藤田の密かな想いは、仙一の持ち物と、その顔、そして大きな白い身体が羨ましくもあり、悩ましくもあった。八重子から、仙一の見事な身体付きを聞いてからは仙一の裸と〝それ〟を見てみたいと思う様になったがしかし、その様な事は自尊心のある同じ男としては口に出して誰かに言える事ではない。ただ、仙一と職場が一緒の一夫が、その事を知っている、あるいは何かを聞いている事が、一夫と、同僚の会話から少しは分かってきている。

それと、仙一が、晩ご飯を囲んでみんなのいる時に、一夫を冗談に祭り上げた事があった事も他の同僚から聞いていた。藤田はある日、事務所で一夫と雑談をする機会があった。

仙一に、タバコ屋のおばさんで茶化された事を冗談風に話題に上げ、仙一の場合の女関係は、どうなっているのか等と、あの日の八重子との事が出てこないかと探りを入れた。しかし、一夫にもそこまでは分からないようで、仙一の女性関係に関してはそれ以上は聞き出せなかった。仙一にとっても、専務の藤田の使いに行った先での出来事は、恥ずかしさも有るが、何より仕事中の事として、そんな破廉恥な事に時間を費やしたと分かれば、信用をなくすと考えたのか、その事は一夫にも言ってはいなかった様だった。

あの時は賭けをして、自分もその賭けを楽しんだが、藤田自身が自分から再び仙一を八重子に会わす手筈を整える程のお人好しでもない。

仙一は、八重子の家はここから歩いても数分の距離、再び戸を叩いて彼女に会いに行く事は、専務の手前憚《はばか》られる。しかし、仙一も八重子に会う機会がある事を密かに願っていた。

いや、前と同じ状況を作りたかった。あれからもう一週間以上が過ぎ、仙一は彼女との距離が時間と共に、徐々に空いていくのを感じていた。水の流れの様に、綺麗に浄化されるのでは無く、時間が経っても、不浄な影だけが色濃く澱んで、仙一の身体の中心に巣食っている事実を仙一自身は感じていた。

夕方、作業着を着たまま会社の門から出て外を見た。市電が仙一の目の前を、ガタゴトと音を立てながら停留所までの短い距離を通り過ぎた。暗くなった外の景色とは正反対に車内は明るく、その明るさに仙一は一瞬目が眩んだ。やがてその市電は丹波橋停留所に止まり、沢山の降りる客を掃き出した。客の中に、会社の向かいに住んでいるハルが晋次の手を引いて停留所に降り立った。晋次が、仙一を見つけて手を振った。

仙一もそれに気づいて晋次の方を向いて手を振り返したが、仙一が気になるのは、晋次達のその先の八重子の住む方角だった。

5. 男の疑惑

安原は、久しぶりに八重子の元へ来た。電話をした時、八重子が今までの様に甘い声で応答はしたが、安原には八重子の語り口に僅かな違和感を感じた。安原はそれ以前から、八重子に他の男の存在を微かに感じていた。自分が八重子を初めて抱いた時からそれは漠然と続いている。

それは安原の憶測から来る、暗に彼女は男好きで、常に男を引き寄せる立ち居振る舞いが背景にあるからかも知れない。

しかし、今回はそれとは、その感じてきた男の曖昧な影とは違う他の何か。

その違和感が気になる安原は「近いうちに行くよ」と言う積もりが「今夜行くよ」と口から吐き出す様に言ってしまった。安原は、八重子の生白い熟れた身体が夜には抱ける、それだけの安い情欲に突き動かされて八重子の家に来た。

既に外はもう暗くなっていたが、今夜の安原は女房に電話もしていない。

今頃女房は息子達ともう夕食を食べているだろうか、それとも未だ食べずに自分を待っているだろうか。罪の意識を持ちながら、八重子の家の玄関の戸を叩く。

時刻は6時を回ったところだが、八重子の家の玄関先の電柱から照らされる、錆びた琺瑯《ほうろう》製の円錐形の傘の外灯の周りだけが点る暗い一軒路地奥。

安原は「今晩は」と、戸を叩くと、間もなく八重子が明かりを点け、すりガラスの格子戸の内側に現れた。淡い灰色の小紋柄の着物を着た八重子が、色気を湛えて、たおやかに微笑みながら「待ってたわ」と彼を招き入れた。そして、彼がガラス戸を後ろ手に閉めて、焦る様に八重子を抱きしめた。何も無かったかの様に抱かれる八重子。安原は長い抱擁の後、八重子をそのまましっかりと抱え上げ畳の間まで移動をした。襖を開けた8畳間のその部屋には、八重子がこの成り行きを分かっていての用意の布団が敷いてあり、二人は転がる様にその上に倒れ込んだ。

彼はその手で八重子の帯を解き、着物を剥がす。そしてさらに長襦袢へと。

自分は上着とズボンを脱ぐのももどかしく、脱いだ物を脇へ放り投げる。

中学校から大学卒業までを通して柔道をしてきた所為もあり、身体には恵まれていた。

事の後、布団の上に俯けで裸で寝そべっていても、大きな尻が盛り上がり、八重子にしてもそんな安原が、自分を満たしてくれる大事な存在だった、今までは。

一息ついて、タバコをふかしながら安原は八重子に尋ねた。「最近どうぉ」すると八重子が、

「うーん何ものうてつまらんわ」と、何事も無い事をさりげなく言った言葉の裏に、実際には仙一との事が大きく澱んで存在していた。「俺とのセックスは飽きたんじゃぁないのか」

「バカ、今さっきので分かってるんやないの」甘えた口調で、八重子は寝そべっている安原の横に、湿った身体を押し付けてきた。安原が、八重子を仰向けにして乗っかる形を取った時、既に安原には再び八重子を抱く準備ができていた。

仙一は、市電の線路に沿って肥後町の方角へと歩を進めた。

時間はまだそんなに遅くはない。

会社の飯場で夕ご飯を食べ、一夫に手伝ってもらって食器の後片付けをした後、一

夫と一緒に風呂に入った。

女性に興味のある一夫は、仙一にその時もやっぱり女との性的関係の話を持ちかけてきた。

仙一にしてみれば、今になってその女性との経験談など一夫には話せないし又、仙一は、そういう性格でもない。

一夫に少しでも話せば、必ず何処かで誰かに話す事は先ず間違いない。

そうなれば、自分にどんな風当たりがあるか分からない。

親方からは、20歳に成るまでは女郎屋へ行くのは我慢する様にと言い含められている。

しかし今までも、そしてこれからも遊郭など、今の仙一には思いも寄らない。

仙一は自分でも気がついていた。心の中で八重子の存在がどんどん大きくなっている事を。

しかし、これが愛なのか、これが初めての恋なら彼女との関係を、これからどう進めていけばいいのか……どうすれば良いのか自分には分からない。

全てが初めての事で、仙一は戸惑っていた。

若者が、女性と性的な関係を持ち、その女と恋をしたと錯覚をする事は少なくない。

しかし今、自分が八重子を思う気持ちはその錯覚の初恋か。

だが今の仙一は、八重子との関係を勘違いだとは思いたくない。

ただの性的関係を維持したいだけの、勘違いで有る事を認めたくはなかった。

足は八重子の家へ向かっていた。今から八重子に会って、気持ちを、自分に対しての八重子の気持ちを聞き質したかった……聞き質してどうするのか。

しかし聞き質したりしたら、たった一度関係しただけの八重子に嫌われるのではないか、多分嫌われて距離を空けられるだろうか、それでも良い。

同時に、仙一はそういう想いに囚われ始めた自分が嫌だった。

八重子の気持ちを聞かないと、確かめないと前へは進めない。

まだ成人にもなっていない自分だが、これからの人生を自分なりに見つめ、理想と希望を持って進んでいきたかった。

社会に出て一人前になるという意味には、好きな女の子が出来てその子と恋をし、やがてその恋が実り、結婚へと進んでいき、そして子供も出来、齢を重ねていく。

ただ、今の仙一は、八重子を抱きたいという想いで頭が一杯になっている。

今、自分は下人にもなっていない、2年目に入ったばかりの飯焚である。

平たく言えば後輩もいない下働きの一年生である。

その、まだ成人してもいない自分が、女を求めて彷徨《さまよ》い歩いて女の元へ行こうとしている。

多くの顔見知りの人達は、大きな体格の自分をお世辞にか、もう立派な男だと褒めてくれる。

先輩の一夫も、仙一の〝男〟を羨み褒めてくれるが、彼からの人生の、あるいは人間としての教えや指導は無い。そりゃあその事を、自分と変わらない若い一夫に期待などをした事もない。

さりとて、杜氏にはそんな事は聞けやしない。

弥平は物静かな人で、どの様な事でも頼れるし、人望のある厚い人柄。

仙一は弥平の事を、父親の様に思っているが、叔父と甥の関係。

ましてや、弥平には今の自分の女性関係の事は話せない。

肉親だからこその距離感と、間隔が存在するのかも知れない。

弥平も、過去に同じ様に恋に悩んだ経験があるのだろう。

弥平が、郷から離れて半年もの長い期間、単身でここに暮らし、飲み屋などで関わりのある女が、この人を放っておくとは思えない。

事実、弥平は仙一に似た体格で、肉厚の白い大きながっしりした身体、おまけに男前であるが故の数々の浮名はある筈。以前、年配者の蔵人が何かの会話の中で弥平の事を言った事がある。

〝ある時、蔵の外での作業中、杜氏を訪ねて和服姿の綺麗な女が訪れた。その時杜氏は、伏見の各蔵からの集まりでたまたま留守にしていたが、帰蔵した杜氏は、それを聞いて、その女の後を追う様に出かけた〟と。

そんな、人としてまだ40歳を過ぎて間もない弥平を考えると、そこには物語が存在する。

しかし、今の仙一はそこまでの弥平の事情や想いに至れない自分の事情がある。

仙一は、すっかり暗く成って門灯を眩しく感じる八重子の家の前に立って居た。

中からは、明かりが漏れて人の気配は有る。

八重子はきっといる。

思い切って空格子戸を開け、数歩入って玄関のガラス戸を軽く叩く。「今晩は」

暫くの間があり、誰か人の気配はあるが返事は無い。

もう一度今度は「ごめんください」仙一の早鐘を打つ自分の心臓の音が己の耳に響く。

暫くの静寂の後、仙一がもう帰ろうかとした時、玄関に八重子の出てくる気配があった。

この前、仙一が市電の車内で八重子を見かけてから数日経っていた。

「はーい、どなた」ガラス戸の内側に明かりがつき八重子の影が現れる。

あの時の八重子は、髪を綺麗にまとめ上げていた。しかし今の八重子は、もつれた髪を気にするより、素肌に着た着物がちゃんと着られているかの方が気になり、慌ててやっと着た事が分かる。それが余計に今まで襖の奥での出来事を物語っていた。

八重子が襖を開けて出てくる時、背の高い仙一は襖の中に裸の男の乱れた姿を、ガラス戸上部隙間から見たのだ。

そして、ガラス戸を開けた時、八重子が自分の目を逸らすのをも仙一は見逃さなかった。明らかに今、部屋の中で男と睦み合っていたことは初心な仙一にも察しが付いた。仙一にしても、戸を叩いて待っていた手前、踵を返して木戸から出ていく訳にも行かなかった。

ガラス戸を開けて、八重子と面と向かった仙一は「こ、今晩は」と、言葉を吃《ども》って一応の挨拶はしたものの、その後の言葉が思い付かなかった。

八重子が「どおしはったん、こんな時間に。頼んでおいたお酒は、昼間に事務所の人が届けてくれはったわ」家の奥にはまだ、男が裸で布団の上で寝そべっているだろう、夕時の情事の合間だった。八重子にすれば奥で男が、この会話を聞いている手前、仙一に対しての冷たい態度を装った。不意に来た仙一には、悪いとは思いながら、この場はこう言うより他に手はない。

初心な仙一には、惨《むご》い痛手となる事も承知の八重子。

咄嗟の八重子の言葉に、仙一は返す言葉も無かった。返せなかったのだ。

自分が何故今ここに来たのか、何を八重子に伝えたかったのかさえ言えなかった。

再び襖の裏で、人の動く微かな物音と気配がしたが、それは自分がここにいるという気配を、暗に示す男の意思もあるのだろう。

八重子を抱きたくて来たのも事実だが、この数日の間に、八重子を慕う気持ちも、新たに大きく成っていた。これを恋というのか。

仙一は、再び目眩く八重子との性の中に自分を置きたかった。

仙一の今の気持ちは、初めての時の、性衝動だけが目的だけではない。

たった一度の関係で、八重子に対しての愛が芽生え始めたのか。

しかし、たった一度の関係で八重子が自分をどう思っているかは分からない。

仙一の、自分勝手な思い込みが発展した、いわば強固で体系化した妄想、パラノイアが仙一を支配し始めているのか。安原が俯けになってタバコをふかし、八重子が横にすり寄ってきて再び八重子を抱こうとした時、玄関のガラス戸を叩く音がした。

八重子は自分が裸に近い格好でそのまま出る訳にもいかず、慌てて素肌に着物を着始めたが、腰紐だけで出る訳にもいかず、それなりに着物を身に着けて、乱れた髪のまま玄関へ向かった。安原にはそれが艶めかしく、再び抱くであろうその時の事に気持ちは向いていた。

八重子が、玄関のガラス戸を開けながら「頼んでおいたお酒は昼間に事務所の人が届けてくれはったわ」と言う声が聞こえた。

安原は、酒屋の使いか何かだろうと思った。

それでも彼は、見えない玄関先に無意識のうちに意識が向いていた。

少しの間の後、口ごもりながら若い男の声が微かに聞こえた。

「儂の事覚えていませんか」仙一は、自分で自分の口から出た言葉に恥じ入った。

何という愚かな言葉を発してしまったのか。

すると八重子が「今はお客さんでちょっと都合が悪いさかい、じゃぁお酒をもう一本、明日に届けとおくれやすか」来客の事が気には成るが、仙一は、前に一度関係しただけの間柄ではそれを問い質す訳にもいかず、流石に八重子に対しての偏執《へんしゅう》も鳴りを潜めて事情を察し、黙ってその場は引く事にした。

仙一にしてみれば、こういう事を経て大人になるという事かと、客観的に考えられるのは暫く後になってからである。

八重子は、男との情事の余韻もあり、その場はそれ以上の事は考えられないのだが、仙一とは又会いたい。酒一本の注文で明日に繋ぐ事が出来て、その場は八重子にとっては一先《ひとま》ずの安心に繋がった。

あとは安原が、敏感にこの場を察知し、問い詰めてくるかも知れないから、どういう風に仙一の事をぼかそうか。幸い、仙一の声ははっきりとは中まで届いていないだろうと希望的に考えて、気持ちを前向きに持つ八重子だった。

もし、安原が仙一の容姿を見れば、大柄の美青年が八重子の好物である事を知っている安原には、彼は一目瞭然である。

仙一を早々に追い返した八重子は、仙一の後ろ姿に気を引かれる想いがあった。

仙一が、又明日お届けの酒を鵜呑みにしてくれれば、彼とは会える。

会えば又、ひとときの逢瀬を仙一と共に過ごす事が出来る。

今、部屋に戻れば安原に問われる事は間違いない。

しかし、安原がその事で嫉妬にかられて執拗に自分を求めてくる。

それが、八重子にとっては高揚した快楽に繋がり、裸で待っている安原を思うと胸がときめき、身体の芯が疼いた。

案の定、部屋に入るなり安原が着物の裾を引っ張り、八重子が安原の上に倒れ込む。

そして、八重子の着物の裾から内股に右手を這わせてきた。

「今の人は藤田さんの会社の人？」「ええそうよ」「君と何か関係があるんじゃないの」と、興奮しながら怒った様に聞いてきた。

八重子は「何もあらへんぇ」と言いながらも内心、〝やっぱり妬いてはるわ〟……と。

しかし早くもその時、八重子は安原を受け入れる体勢に入っていた。

仙一は、八重子の家からの帰り道、トボトボと市電通りの石畳の上を会社の方に向かって歩いていた。電柱の裸電球の灯りが、妙に眩しく点々と自分の帰る方角に向かって続いている。

あれからまだ時間はそんなには経っていない。先程までの興奮と高揚の後、夜の帳《とばり》の下りた中を歩いていると、ひとりでに泣けてきた。そして仙一は、八重子に吐いた自分の愚かな言葉と共に八重子の家へ行った自分の行動の情けなさに臍《ほぞ》を噛んだ。

物心が付いて、父を亡くしたその日以来泣いた事のない仙一。

父の死といっても、終戦間際に日本の政府から届いたのは一通の茶封筒に入った戦死の知らせだった。野良仕事の途中、郵便配達人が玄関に立って「郵便です」と言うのを聞いて、母の静子が慌てて畑から郵便を受け取りに向かった。

泥だらけの手をエプロンの端で拭き、まだ土が残っている手で震えながら封を開いた。

母が、毎朝仏壇にお参りをして、いろんな事を父に話しかけていた事を、仙一は知っていた。仏壇に手を合わせて、父の無事を一心に祈り、手を合わせて小声で仏壇に向かって「あの人の戦死の知らせなど来ません様に」「元気な姿で帰ってきます様に」と。

しかし郵便局員の「郵便です」という声がしてその後、受け取った茶封筒を開ける時、すでにそれが政府からの父の、戦死報告書である事は分かっていた母。

郵便屋が去った後も、その茶封筒を握りしめて静かに泣いていた母の横で仙一も泣いていた。

仙一には、その時もう充分に父の死が理解出来た。戦争が自分達の父を奪い去ったのである。

そしてもう会えない父を想って泣いた。その時の仙一は僅か9歳。

父の死後、母の静子は、まだ10歳にも満たない仙一を家長として、そして同時に弟達の父親の代わりとして、妹、弟と共に仙一を敬い尊敬する事を自分から身をもって子供達に見せてきた。だから、未だ子供だった仙一も、全てを前に気丈に男として振る舞い、母からの期待を受け、どんな事に対しても、泣き言を言わない、涙を見せない事に執着して現在まで来た。

仕事での辛い事、悲しい事も時にはあったが、それも我慢をして今まで来た。

走馬灯の様に頭に巡る、現在の仕事仲間、故郷の幼い弟、妹や母、そして今抱えている八重子への、報われない未来へ陰りのある涙だったのか。

今は人が恋しい、八重子の肌が恋しい。

他の誰でもいい、誰かの身体にしがみ付いて人の温もりに縋りたかった。

何故今、こんなに悲しいのか自分でも分からない。

八重子に男がいて、今頃その男との情事を想像するだけで切なさは募る。

思う様にならない八重子との間。だが自分が今悲しいのはその事だけではない。今、自分の侘しさが、その向こうの果てしのない不毛の未来へと繋がる。

考えが全ての事を輪廻するかの様に頭の中で巡る。

18歳の、今まで堪えてきた甘えのない孤独が仙一を涙へと誘ったのか。


次の日、仙一は八重子に酒は持っていかなかった。

八重子が、酒一本を注文したのは、便宜上で言った言葉だとそのままにしていた。

仙一にしてもあの次の日、本当は酒一本で八重子に会う口実で押しかけられた。

しかし、若い仙一でもそう容易《たやす》く、彼女の言いなりに支配されたくはなかった。

又、あの時の八重子の安原に対してついた嘘で、いずれ八重子自身が接触してくるであろう事は仙一にも分かっていた。

6. 配達先

あれから数日経った夕方の事。

専務の藤田が「木本はおるか」と、蔵の外から仙一に呼びかけてきた。

作業中の時で、蔵の奥で雑用をしていた仙一は慌てて走りながら「はーい、直ぐ行きます」

と、蔵の入り口に立っている藤田の元へ駆け付けた。「すまんが、後でお客さんのところへ酒を届けてくれるか」と、抑揚のない喋り方で。

仙一は、内心八重子のところへの使いだなと思ったが、口には出さず平静を装って「はい、どちらへお届けですか」と、「大津町の木村さん家まで酒を一本届けてくれへんか」やはり八重子へのお届けである。「はい、分かりました、今からですか」すると藤田は「もう仕事も終わるやろけど一段落してからでええよ、前に一度配達頼んでるさかい家は分かってるやろ、酒は梱包して事務所に用意してあるさかい頼むわ」「はい」

呼ばれた時、既に予期していた藤田の言付けだった。

初めて八重子との事があってから日にちが経つ。しかも先日のあの訪問の後である。あの夜は、思いつめて八重子宅へ訪問したが、これは八重子があの夜の申し訳か、言い訳か。

あの時〝酒を一本次の日に配達〟と、頼まれたあれ以来、八重子からの接触はなくそのままに成っていた。仙一は平静を装ってはいるが、内心は穏やかではなかった。

配達する酒は、勿論八重子が藤田に電話で頼んだのだろう。しかし八重子からの注文による物か仙一もそれを藤田には確認出来ない。

秋の陽が落ちるのは早い。

作業服のまま自転車で配達先の家へ漕ぎ出す直前、一夫が配達先を聞いてきた。

「おーい仙一、酒を今から何処へ届けんのや？」「専務の指定したお家やけど」「ふうん、帰ってきたら、晩ご飯の後一緒に風呂へ入ろか？」「よっしゃ、待っててんか」

一夫は、何かを勘ぐる様子だが、それ以上先は流石に仙一には言わなかった。

彼なりに、そこから一歩先へは踏み込めない雰囲気を、仙一から感じ取っていたのか。食材の買い出しは、昼間に終わっていたが、夕飯の支度は主におばさんがやってくれる事にはなっていた。仙一は、内心これから届ける先は八重子の家、直ぐには帰れないかもと妖しい期待を胸に秘め、配達や買い物に使う黒塗りの自転車で八重子の家へ向かった。

曇り空の所為か、5時前だというのに外はもう暮れて薄暗くなりかけて、電柱の裸電球が妙に眩しく仙一の目を射る。自転車の短い道のりで考えが巡る。

この清酒は八重子から注文したものだろうか、いずれ、八重子にその酒を手渡す時に分かる。

配達先の、八重子の家へは直ぐに着き、呼び鈴を押すと八重子が出てきた。

これが、仙一の求めていた事。

八重子は、切ない声で呻き、仙一と同調して頂点に向かって動いていた。

この行為への想いに取り憑かれていた仙一。

八重子の中で今、その瞬間を迎えようとしている時、壁の大きな鏡が二人を捉えている事に仙一は気づいた。八重子と初めて結ばれた時と同じ部屋に鏡があるのは今初めて気づいた。

服を着たまま向かい合って八重子を抱える様に抱いている、壁の鏡に映る自分達の行為の肌が見えない分、余計に仙一の欲情を高めた。

仙一が八重子の中で果てた時、鏡に映る自分達の姿は行為の始まる前とは違い、殆ど着ている物は剥がれ落ちて裸寸前になっていた。

その事が、仙一を再び燃え上がらせるきっかけとなり、再び愛の行為が始まった。

若いだけに果てを知らない仙一18歳。

果てを知らないというより、若さ故の無知に世間からの隔たりが後押しをして本能に身を任せる。八重子はそんな仙一を待っていた。

注文の酒は、やはり電話で八重子から藤田に頼んだ物だった。

仙一に対する、扇情的ともいえる八重子の気持ちがそこに現れている。

今日の夕方、藤田が仙一に酒を手渡す時、以前の様な含み笑いはなかった。

ただ、藤田の目に宿る嫉妬と、好意からは程遠い冷ややかな瞳の光を仙一は読み取っていた。

八重子が引き止めるのを振り切り、じっとりとした布団から仙一が這い出し、帰途に就いたのは10時を廻っていた。夕食や風呂もまだで、このまま帰ったら一夫にこの数時間に余る時間の空白を、根掘り葉掘り聞かれるのは必至。

しかし、帰らない訳にもいかない。帰るまでの途中のタバコ屋は、まだ開いているだろうか。

開いていれば、タバコ屋のおばさんに相談をしようか。でもこんな自分の何をどう相談するのか。仙一は、市電通りへ出るまでに自転車を止めて考えた。

自分が開けた空白の時間は、やはり誰にも相談出来る代物ではない。

蔵へ帰ってどう説明をするか。5時間も開けた空白の時間は、賄いのおばさんはじめ、杜氏にも聞かれる筈だがどう説明しよう。先ず最初に、一夫に根掘り葉掘り聞かれるだろう。

夕方、下働きの仙一の仕事は、おばさんと協力して共同で進める、みんなの夕ご飯の用意があった。仙一は、八重子と過ごす間、他の事は何も考えられなかった。

夢中で八重子と睦み合う間、それは何者をも寄せ付けない世界。

高揚した無我の中で、お互いを求め合い極限の性を貪り合い漂っていた。

深夜とはいわないまでも、その辺りは下町の民家が多い地域で、門灯や窓の明かりと電柱の裸電球が、煌々と市電の敷石を照らしているだけで、人っ子一人出会わない。

何処からか、ラジオ放送の音楽が、夜の静寂を辛うじて抑え現実の世界にしている。

自転車を押して歩き出した仙一を、いきなり犬が吠えて、知らぬ間に八重子との余韻に浸っていた自分が我に帰る。犬に吠えられた仙一は、帰ってからの言い訳を再び考え始める。

初めての女との経験、酒蔵での自分の立場と、一夫や専務の藤田に、そして何より、杜氏に説明や釈明のしようが無い事は分かっていた。

ただ、黙って謝るしかない。聞かれても帰りが遅れた事を謝るしか無い。

仙一は、いつの間にかタバコ屋の前まで来ていた。

もう戸が閉まっている店の蛍光灯の看板がやたらに眩しいタバコ屋を通り過ぎ、会社の門の前に辿り着いていた。

次の日の朝、仙一はいつも通り暗いうちに起き出した。

賄いのおばさんの、エイコさんも早いうちに出てきてくれた。

仙一の、昨夜の調理の穴埋めもしてくれていた。

「仙ちゃん、きんのはどおしたんえ」「おばさんごめんな、どおしても早よ帰れんかったんや」「仙ちゃんの事やさかい、何か大事な事があったんやろ思うて、でも何事も無く無事で良かった」おばさんは仙一の目を見てその空白を具《つぶさ》に察した。そしてホッとした表情でそれ以上はもう何も聞かなかった。

ところが、朝ご飯の席に着く前から、みんなが口々に仙一の不在について詮索し出した。

杜氏の弥平だけが、瞑想でもしているかの様に、目を瞑《つぶ》って腕を組んで上座に黙って座っていた。

仙一は、それを目の端に止め、しかし黙っている弥平が何を考え、どの様に仙一に詰問するのかその時が来るのが怖かった。ただ仙一としては、何も釈明をせず黙って謝り、弥平に叱られて処罰を受ける覚悟は出来ていた。調理中の仙一の横に一夫がやって来た。

「お前、きんのどおしたんや？」聞かれるのは分かっていた。

「ごめん、今はまだちょっと……親方に怒られてからや」

仙一は、親方に怒られるのは覚悟していた。

川端や山村までも一段上がった畳の席から「お前きんのは何してたんや。遊郭でも行ってたんと違うか」他の蔵人達も、興味深々で一斉に仙一を見た。

それを聞いた仙一は、自分の顔が赤面している事に気づき余計に赤くなった。

「遊郭にでも行ってたんと違うか……」

そうだ、ある意味仙一のあの時間はそれと同じ意味合いがある。

女との、仙一が女との初めての逢い引き、しかも5時間に余る無我の情交だった。

それだけを取り上げてみれば、何と素晴らしい愛に溢れる時間だったか。

仙一は、その事について後悔はしていないし、むしろ今も昨夜のあの時へ舞い戻りたい程、愛で満ち溢れた目眩く素晴らしい一時《ひととき》だった。

八重子が、仙一の耳元で、歓喜と苦悩に満ちた喘ぎとそれを繰り返す中、仙一は、その場の自分の身体から遊離し、上から自分達二人を見下ろす自分がいる不思議な感覚を持った。身体から離脱して、二人を見下ろすあの自分は一体何だったんだろうか。

仙一が開けた空白の数時間は、勤務中に配達先のお客さんの家で過ごした事が、一番の問題だった。八重子は、今日にでも藤田に配達の酒を受け取ったお礼の電話をするだろう。

八重子と電話で話した後、藤田は仙一にどんな態度で接して来るか。

そして、新たに分かった事が一つあった。

八重子は、この酒造会社の社長の姪だった。

藤田もこの会社の親族で重役だが、やはりそんな八重子には一目置く。

以前に藤田と関係を持った八重子、しかし八重子にしてみれば身体も小さい、何よりあっちの方でも魅力の無い藤田とは気まぐれの酔った上での数回の関係でしかなかった。

そしてそんな中、安原が現れて八重子は、安原の恋人となり現在まで来た。

八重子は無意識のうちに、藤田の頭の中に不満と僅かな疑念、そして嫉妬心を残したまま安原に乗り換えたのだ。八重子は、安原には一点を省き殆ど文句が無かった、今までは。

安原とは生活を共にしていない事もあり、月に数回の割で八重子の家へ来て、肌を合わせて自分の家庭へ帰っていく。安原とは、いわば不倫の関係でしか無かった。

八重子の生活の基礎収入は叔父の酒造会社の株式、それが八重子の余裕ある生活の土台になっていた。安原には経済的に負担をかけない八重子にとって、月数回の逢瀬で、それ以外は足枷のない自由が彼女の暮らしを支配していた。

今までは安原に満足をしていた八重子だったが、そこに仙一が現れたのである。

仙一とはまだ、たった2回の逢瀬ではあるが、仙一と初めて肌を合わせてからは、八重子は大きく変わってきた。仙一とは、在り来たりの言葉では説明の出来ない何かが自分との間にはあった。最初から、お互いの存在の意味の何かが仙一との間にはあった。

しかし仙一は、自分の事をどの様に考えているのか？

年齢だけで考えると、八重子にとって彼は若過ぎる。

年齢の事だけではない。故郷の家族の事、会社での彼は未だ下働きの様だが、仕事の上ではどの様な位置にあるのか。注文をした酒を自転車で届ける位だから、下働きだという事は目に見えて分かる。あの、大きな身体に備わった魅力とは程遠い下働きをしている。

そして、何より18歳の若さで、故郷にいる母親の方に近い自分との年齢の壁がある。しかし、八重子は自分の身体がもはや彼なしではやって行けないところまで来ていた。安原との間ではここまでには成らない。安原は今まで、八重子を身体の隅々まで満足させてきた。

彼と身体を重ねると、他の男や、ましてや藤田では得られなかった喜びを感じる事が出来ていたし、安原の溢れる性技に満足をして、八重子は安原をそれなりに愛してきた。

安原の欠点は、彼が家族想いで八重子と肌を合わせている時以外、心の深部に家族を引き連れていた。それは前から八重子にとって、不満となっていた。

しかし、仙一とは、溢れる程の情感と共に絡め取る様な目で自分の頭の中に入り込んでくる。そして、布団の上では磁石のプラスとマイナスが強力に引き寄せる様に絡み付き、離れがたさが延々と続き、それが果てしなく続いてほしいと思う。母が胎児を愛しむのに似た、全身を包み込む様な溢れる愛情が性能力と混ざり合い、至福の愛の交歓の土台となる。

全ては安らぎが元となり、任せて思うがままに流れに乗り、それが約束されてでもいるかの様な気になる。仙一は、自分では気づいていない、持って生まれた深い豊かな感情の持ち主であった。仙一の母も、以前から父の泰平に似ているとよく言っていたのはそんなところも含めての事だった。未だ年端も行かない仙一は、弟や妹を彼らの父親の様に愛でてきた。

だから弟や妹は、仙一を父親の様に思い慕ってきた。

仙一は物心が付いてきた頃から、近所やその土地の人達にも、大人の男として振舞ってきた。

自分は父の代わりを務める男として、家族を支える責任のある思いが、子供の頃から芽生えていた。だから、近所の人達からも大事に扱われ可愛がられた。

木本家では、父親の泰平の戦死後、暫くの間は悲しみに明け暮れた。

周りの人達も、それぞれが木本家を庇《かば》う様に見守った。

だからか、子供達から不幸せの感情は芽吹かず、穏やかに暮らせた。

静子は表に出さない様にしていたが、本当は泰平を無くした深い悲しみが癒える事はなかった。

人の死は、避けがたい事として誰もが受け入れるしかない悲しみだが、時と共に風化と浄化を重ねながらも、その人の生活に陰影を残す。時には発育盛りの子供に影を落とし、世を拗ねる者も多々あり、それでもそれは仕方がない事と諦める。

しかし、父親を戦争で無くした木本家の子供達には、その後その事であまり暗い影は落とさなかった。仙一の存在が大きくみんなを守ったのである。当の仙一にしても弟や妹の存在が自分を救ってくれたのだ。今度の正月休み、百貨店で買ったお土産の包装を破った時の、喜ぶ家族の顔が何よりの楽しみである。しかし今は、仙一の頭の中を満たしている想いは八重子。

年末も間近に迫って来て居るというのに、あの人と愛し合った事以外の一切の事柄は、脳裏の片隅に押しやられている。

　年末の帰郷で、家族に会えるその期待感は、頭の片隅に追いやられ、陰を潜めていた。

　仙一は、八重子に次に会う事は、既に考えているが、昨夜遅くなった言い訳、理由などはまだ親方の杜氏にも言っていないし考えてもいない。

　第一、嘘以外のどう言い訳のしようもない事柄だし、親方には嘘はつきたくなかった。黙って杜氏の前へ出た時は「ごめんなさい」という以外の言葉しかない仙一だった。

　杜氏の弥平が仙一を呼んだ。「木本、こっちへ来てくれ」

　朝ご飯の後片付けを済ませて、仕事場へ向かう前の事だった。

　他の先輩達や一夫が、それぞれの持ち場でもう仕事を始めている頃。

　仙一は、怒られる事は覚悟をしていたものの、やはり心臓の早鐘を意識し、心臓の辺りに右手を当てて、杜氏のいる食事をする畳の間へ一段上がって弥平の前へ進んだ。

　普段は物静かで大人しい弥平だが、この時ばかりは平手打ちを覚悟で弥平の前まで進んだ。

ところが、弥平は昨夜の事は一切問い質さず、ただ「仙一、人の道に反する事だけはすなよ」「お前も、もう大人だから色々あると思う。もし問題が起きた時は一人で抱え込まず必ず儂のところへ来いよ」と、問い質すよりも優しい包容力を感じさせる言葉をくれた。

仙一は「はい、申し訳ありません」とだけ言って職場へ向かった。

弥平の目は、潤んでいた様な気がしたが、仙一は〝遅くなって穴を開けた顛末の事は弥平には話せないな、迷惑をかけられない〟と、心の中で思った。

作業蔵に入ると、一夫が駆け寄ってきて「親方に怒られたんか。親方には、どう言われたんや」と、矢継ぎ早に問いかけてきた。

仙一は、それにはただ「すまん」とだけ答え、黙々と開いた大きな桶を洗い始めた。

一夫は一夫なりに心配をしてくれていた。

しかし、一夫独特の好奇心も強く、それを口に出して詰め寄ってきても、仙一は黙々と作業を続けるだけだった。周りの先輩達も、一夫の様子を見て、仙一にはもうその事は言わない方が全体の安泰に繋がると見たのか、あるいは、仙一を優しく包容しようとしてなのか、昨夜の仙一の空白の時間に関しては、直ぐに、誰ももう口にはしなくなった。

　仙一の沈黙がその場では勝ったのである。

　今日はお天気だ。仙一は、一夫に倣って井戸水を汲み出し、一夫の背丈以上もある大きな樽を、束子《たわし》を使って洗い始めた。もうこの時期になると井戸水でも水は冷たい。手作業で、冷たい水が指先に出来たあかぎれに沁みて痛い。

　洗った十数個の大きな酒樽を、一夫と二人がかりで市電通りまで転がしていき、敷地内の桐の木の間に積み上げて干すという繰り返しの作業が続く。

　十数個あるので、今日はこの作業が夕方で終わるか分からない。

　洗い上げた樽を転がして門を通過する時、遅い重役出勤の藤田が、事務所のガラス窓からこちらを見下ろしていた。藤田は昨夜、仙一が八重子と過ごした事は分かっているだろう。

　作業の樽を転がす仙一を、事務所のガラス窓から見下ろし、どう思っているのか。

藤田自身、自分は大分前から八重子とはただの友人関係になっていたにも関わらず、八重子には安原という恋人がいる上、若造に八重子を寝取られた様な気になっていた。ガラス窓越しに、投げかける藤田の目線に、気の所為ではなく、憶測でもない嫉妬の陰りがあることを、仙一は強く感じ取っていた。

実際の藤田の目に宿るそれは、八重子を寝取られた事に対してだけではなく、八重子が惚れる程の、仙一に対しての〝男〟への嫉妬が色濃くあった。

藤田が思う、仙一のその〝男〟とは、藤田自身には無い美貌と、溢れる程の力を感じる体躯、それに、男にしておくのが惜しい程の白い透き通る様な肌。

そして、何よりも八重子が惚れる程の性的能力である。

藤田は〝自分には地位が有るし、金も持っている〟とそれなりに自分で思っている。しかし、背は低く片足も悪く肌の色もくすんだ、中年過ぎの貧相で冴えない風貌。

藤田の心底にある劣等感は、自分で分かっていても、どうする事も出来ない。

八重子と安原との関係ができた事を知った時でも、安原相手ではそれ程の嫉妬心は持たなかった。藤田が知っている安原が相手では、自分はどうにも出来ない諦めが先を占めた。

それに、安原が八重子の前に現れた時、既に藤田と八重子との〝関係〟は終わったも同然であった。ところが相手がこの会社の下働きの仙一で、学校も碌に出ていない若造に、八重子を横から掠め取られた様な気分になっていた。そもそも、八重子に賭けを持ちかけられたとはいえ、自分から始めた事なのに、自分はこの会社の専務であり上司、それが彼自身の屈辱と嫉妬に繋がったのか。藤田の憤懣《ふんまん》の矛先は仙一に向けられていた。

身体の芯を淫らに燃やし続ける性愛の炎が仙一を囲って逃さない。

彼女は、俺の心を魅了して絡め取る、その八重子に会いたい。

仙一は、自分の身体の中心、尾骶骨の裏側に意識が働く。その殻の部分に八重子を感じる。

心より、身体が自分の気持ちを表していた。

しかし、今の仙一には八重子へのこの気持ちが愛なのか、恋と性欲がどの位置にあるのか分からない。それは、誰も教えてくれはしないし、誰に聞く訳にもいかない事だった。

仙一には今まで、自分の人生の方向性や倫理を指導してくれる人は周りにはいなかった。父を亡くした実家では、母がその父の写真を仏壇代わりの棚に飾って弔っている。村の寺、浄土真宗の興福寺のお坊さんが、盆やお彼岸や命日にはその写真を前に丁寧に念仏を唱えて冥福を祈ってくれる。

だが、浄土真宗のお住職は仏壇の飾り方や過去帳の事そして法事のあれこれは親身になって教えてくれても、カソリックの様に愛についての教えはないだろう。

常に仕事の上司で、叔父の弥平も、親身になって仙一の事を考えてくれている。しかし仙一にとっては上司で親方でもある為、全ての心内を曝け出してしまう訳にもいかず、どうしても距離を置いての接触しか出来なくなっていた。

もし相手が叔父ではなく、父の泰平が生きて居たならどうだったか。

父子の関係なら、もっと甘えられるか。

仙一の子供の頃に戦争へ行ったきり、存在しない今となっては父との関係は、想像の上でしか分からない。もし父が今生きていたなら、18歳の自分は普通なら反抗期で、親父を疎ましく思っていただろうか。今の自分のこんな苦悩は、弥平でなく父では余計に相談は出来ないかも知れない。今までは、父の事をそんな風に考えた事はなかった。少年の頃に父を亡くした時の、その父を思う気持ちそのままの自分がそこにいた。今、八重子との事となると、自分自身の性的衝動を含めた男女間の問題で、なんぼ若い仙一でも、弥平にもこれは打ち明けられない事柄だった。

あの日から数日が経った。周りの者、一夫や先輩達も時間と共にあの夜の仙一の不在の数時間の事はあまり話題にしなくなっていた。

仙一も、多忙な下働きの中で徐々に平静を取り戻しつつあった。

社外に、乾燥の為に干しておいた大樽十数個を、今度は作業蔵へ転がしてくる作業に入った。

一夫が、何かと仙一を気遣ってくれるが、あれ以来、仙一の受け取り方、人に対する考え方が、今までとは違ったものに成りつつあった。

今、一年先輩の親しい友達の筈の一夫が、うるさく疎ましい存在に成りつつあった。

今まで何とも感じなかった、事務所のガラス窓越しで見る、藤田の澱んだ陰険な視線。

沢山の職場の、先輩達の会話や自分に対する言葉や笑顔に、棘を感じる様になった。

仙一はそれを殊更、感じないふりをして黙々と働いた。

仕事に集中する事で、そういった諸々の人間関係の呪縛から解放されたかった。

だが、そうは行かなかった。

あれ以来、八重子とも時々会える様になった。

しかし、誰にも気づかれずみんなが寝静まる夜更けに布団をこっそり抜け出し、明け方には帰ってきて布団に入り、何も無かったかの様に起き出して、おばさんが来るまでの間に出来る用意は全て済まし、又次の彼女と会える時間を待つ。八重子に会う時は、買い出しの合間あるいは夕食後、公衆電話で行く事を手短に伝えた。そして安原が来る時は遠慮をした。

といっても、安原は家族のある身で、八重子のところへはそう頻繁に来る訳ではない。

今の仙一は、八重子との逢瀬が全てで、他の事柄など、もうどうでもよくなっていた。

昭和27年12月も後半に入って、正月の里帰りは間近だ。昨年の12月は、最終の日曜日が30日で、その日に帰郷できたが、今年の最終日曜日は、28日になる。帰郷出来るのは多分30日の火曜日か。親方が、そろそろ蔵人達に帰郷出来る日を通達するだろう。

しかし、仙一の脳裏では考えが他の方向へと逸れていた。

もう、今の仙一にとって、八重子と愛を交わす事を、自分の生活から差し引く事は出来ないが、それを差し引いたなら自分に何が残る？　男女の絆や愛、それに夫婦なら子供も出来て、その先に安泰の家庭生活がある。自分達の、老いた先の２人の関係はどの様になるのか。

将来の、八重子との建設的な関係は想像すら出来ない今だけの現実。

7. 越前への帰郷

仙一は、バスに揺られながら、景色に垣間見える遠くの海を眺めていた。

鈍色《にびいろ》の海は、遠くからでも分かる位荒れていた。

それでも、重い雲が海と空を分け、微かに水平線の境を決めていた。

降り始めた雪が、バスのガラス窓に当たり瞬時に溶けて水滴となって、震えながら後方に向かって、ホロホロと流れていく。

ディーゼルバスは少ない乗客を乗せて、ガタガタと軋み音と共に小川の流れに沿って雪降る田舎道の寒村の横をひたすら走り続けた。このバスの数人の乗客の中に、知った顔は見当たらない。それぞれの乗客はそれでもみんな、地元の年寄りらしく、着物を改良した様な綿入りの地味で質素な格好をしていた。多分、医者などへ行った帰りか。

みんな、それぞれの位置に座り、黙って前方を見つめ目的のバス停までの行きずりの人達だった。

赤茶の革のトリミングのある帆布のボストンバッグと、百貨店のお土産の手提げの紙袋が、帰省者らしい仙一の荷物だった。もう直ぐ着く。仙一は、弟妹と母に早く会いたい気持ちは、はやるものの、今はまだ肉親に対する愛情をボカす様に、醒めた様な薄い膜が覆って何処かへ取り込む様に揺らいでいた。

直ぐ家へ着く。仙一はここ暫くの自分に起こった事は、心の奥深くへ仕舞い込み、家族との楽しく過ごす時間を優先する事にした。やがて、前方のバス停に立つ一恵と尚の姿がバスの窓から見えてきた。バスは停留所の前で止まり、折りたたみ式のドアーが軋み音を立てて手前に開いた。

停留所の前に立った尚と一恵が、満面の笑みを湛えて、二人して仙一をバスから道端へ引きずり下ろす様に出迎えた。仙一はやはり帰ってきて良かったなと思った。「ただいま」弟達の笑顔の出迎えの中、何故か、弟達と会えるこの幸せは再び来るだろうか、という想いが仙一の頭をよぎる。八重子への想いに、後ろ髪を引かれる様に伏見を出発したその時は、遥か彼方に故郷はあった。でも、弟達を目の前に、その想いは良心の呵責と共にかき消える様に霧消していた。「お兄ちゃんおかえり」弟と妹に手を引かれる様に雪の積もり始めた土道の坂を上がり、懐かしい母の待つ家へと向かった。貧しくも穏やかで温かい玄関の灯りが〝早く家の中へ入っておいで〟と仙一を誘っている。古い建具が擦る音を立てながら玄関を開けると、土間を挟んで囲炉裏に薪が燃えていた。

下駄を履いた母が土間の炊事場でせわしなく料理をしていた。

正月を間近に控え、仙一の帰りを美味しいもので迎えたかった。

久しぶりの母を前にして、いつもの母の口癖が仙一の頭をよぎる。〝貧乏の風は夜も吹く〟。

母は白いエプロンで、手を拭きながら仙一の前へ来た。「仙一おかえり」

今年もその母の優しい包み込む様な愛情一杯の笑顔が、仙一の帰郷を、心待ちにしていた想いが伝わってくる。向かい合って母の顔を見下ろすと、この前家を出てからまだ数ヶ月しか経っていないのに、そこにいる母の顔は、健康的に陽には焼けてはいるものの、やつれて小さくなり、すっかり歳を取っている様に見えた。

しかし、たった数ヶ月の経過で母が一回り小さくなったというより、自分の身体が大きくなったという事なのか。仙一の仕事は下働きが中心で身体にはきつい。きついからよく食べる。

年頃の仙一には、仕事の環境がその身体をふた回りは大きく成長を助けていた。しかしその事に彼本人は気づいていなかった。

母の静子は、その事は言わないし、身体にも触れないでいた。

仙一の身体に触れると戦死した泰平、口に出した事の無いその夫との幸せだった時の記憶が蘇る。まだ幼かった仙一の寝ている横で、愛された事も度々あった。

泰平の事は、普段は考えない様にしている静子。しかし仙一を見ると、泰平を思い出し、身体の芯を熱いものが流れ、寝ている子が起きる様に、昔、楽しかった夫との事が蘇ってしまう。

それを打ち消すのがまだまだ苦労の静子だった。もう今となっては、儚い遠い昔の事で、再び訪れる事のない、永遠に過ぎ去ってしまった、切ない過去の記憶である。

「寒かったでしょ、早く上がって」上がって囲炉裏の際へ座るなり一恵が「お兄ちゃん、今日は雪降りでお兄ちゃんの乗ったバスが来るか心配やった」すると横から間髪を入れず尚が「お兄ちゃん、正月中家におれるんやろ、明日は一杯遊んでくれや」そして「正月はお宮さんに初詣一緒に行こな」と、後ろから首筋にしがみ付いてきた。仙一は、弟達から溢れる様な幸せを身体一杯に受け、この上ない喜びを感じた。

夕食後、尚が「兄ちゃん、一緒に風呂に入ろか」と、囲炉裏の前で胡座をかいて寛いでいる仙一に、後ろから被さる様に抱き付いてきた。弟の尚は、会えなかった数ヶ月の空白を埋めるが如く、事ある毎に仙一に甘えてくる。妹の一恵は流石に風呂に一緒に入ろうとは言わなくなったが、それでもまだ幼さの残る振る舞いは消えてはいない。一恵が尚に笑顔で「あんたはえーなぁ、私はお母さんのお手伝いをするさかい、お兄ちゃんと早よお風呂に入っといで」と、仙一と風呂に入りに行く尚を羨みながら言った。廊下の突き当たり、といっても廊下は旧く屋根はあっても壁は少ない構造で、風雨の強い日は床が濡れる。仙一も小学校の低学年の頃は、雨や風の強い日はざわざわと銀杏の木が音を立て揺れるので、暗い廊下をトイレまで行くのが怖かった覚えがある。

しかし、小学校も4年生になる頃には天気の良い夜は、そこに座って木々の間から見える遥かな海と、星空を眺めるのが好きになった。

その風呂は、便所の隣で、外から薪で炊かなくてはならない。仙一が「じゃあ、儂が風呂を焚いてくるさかい、尚はちょっと待っとけ」すると、尚が「さっき僕が焚いといたからいつでも入れるよ」と、尚も一恵同様普段からのお手伝いが至るところで見受けられる。「じゃぁ尚、風呂へ行こか」仙一は尚から手渡された薄い和製手拭いを2枚持って腰を上げて風呂場に向かった。板張りの廊下は古く、歩くと至るところで鶯張りさながらの音がする。雪がちらちら舞い込んで来る。よく冷えてきて寒い。

仕切りのない板張りの浴槽の横で震えながら服を脱ぎ、色の変わった古い籐製のカゴに服を入れ、裸になった。尚も仙一に倣って裸になり、浴槽の際に並んで二人でしゃがむ。

「尚、掛かり湯をしなあかんで」と、横の尚に。「お兄ちゃん、分かってるがな。いつもしてるよ」

仙一は率先して掛かり湯をした後、片足から湯船に入る。湯船に浮いた大きな丸ぁるい鍋蓋の様な丸あるい板を、足で踏み込んで湯に浸かるその古い風呂は、自分の子供の頃から今も変わらずの懐かしい、周りを漆喰で固めた鉄釜の五右衛門風呂。「熱ーっ」と、声に出してしまう程熱かった。

外気が冷え切っているから余計だろう。その仕草を尚が横で両手を口に当てて笑いを押し殺して見ていた。「よっしゃ、お前も来い」仙一が間髪を入れず、尚を両手で担ぎ上げ湯船の中へ楽々と引きずり込んだ。「わーっ、お兄ちゃん何すんのゃ、熱いやんか」仙一は秋に上京して、3ヶ月足らずで大きくなっている尚に改めて気づく。「尚、お前大きくなったんと違うか」「お兄ちゃんこそ身体がデカくなったで」大きくなった2人がいっぺんに浸かった所為で、洗い場まで大量の湯が溢れる。仙一が尚を狭い円形の風呂に抱き抱える様に浸かった。

だから余計にお互いの成長が分かる。

身体の成長の事だけではない。僅か数ヶ月で周囲が目まぐるしく変化している事に改めて気づかされる。仙一は、母の静子と弟達から受ける愛情が、自分の支えになっている事をこの帰郷で改めて感じるのだった。血の繋がりが仙一を温かく包み込んで見守ってくれている。

それなのに自分は今、何処へ迷い込んでいるのか。

本当は誰が自分を必要としているのか、自分は誰を必要としているのか。

仙一が中学校に入る頃、その歳頃にしては他の誰より大きく成長していた。相撲向きの脂肪体質ではないが、身体の大きい仙一は、体育系のバスケット部や柔道部そして相撲部から入部の勧誘を受け、仙一は相撲部に入り、僅か数ヶ月間の訓練を受けて将来を期待される一人となった。しかし練習で帰宅の遅くなる毎日が続き、母の農作業と家事の負担を目の当たりにして、部活をこれ以上続ける事は自分には許せないと考え、夏休みの始まる頃には自分で退部を申し出た。暫くは相撲部の顧問や担任から、母に仙一が将来を目標に相撲部を続ける様何度も頼み込みがあった。それだけ仙一の適性を、将来の有望な一人と見込まれての事だった。

しかし仙一はそれも虚しく頑として譲らなかった。周りでは練習の辛さに負けたと思った人も多かったが、そんな事よりも早く下校して、母の手伝いを最優先にしようと決めた。

母の手伝いが待っていると、相撲部退部後は下校時はそそくさと帰る。

近くの家から一緒に登校する山本啓太という少年が一番近い友達関係だったが、彼は放課後に陸上部活で仙一と下校は一緒にならない。

母は、仙一に下校を早めて農業の手伝いをしてほしいなどと思った事は一度もなかった。むしろ、仙一に好きな部活を楽しんでもらいたかった。それが相撲部だったがそれも叶わず。

静子は、今まで自分の手伝いを優先してきた仙一に、学校では少年らしい学校生活をしてもらいたかったし、高校へ上がってほしい、その為の勉学にも励んでもらいたかった。

全ての母親が考える様に、静子も子供本人の将来への可能性を託したかった。

しかし、静子の思惑より、今まで父のいない男仕事を熟してきた母に少しでも手助けをしたかった。勉強や部活に励むより、男として母の苦労を少しでも軽くしてやりたかった。それに、いつもギリギリの家計をやりくりしていた母の苦労を知っている仙一は、中学卒業と同時に家の田畑をはじめとする、家業の農業に専念する為、母の反対を押し切って高校進学は取りやめた。だが自分が身体をどれだけ酷使して農業に励んでも、母と二人しても、母だけの時の稼ぎを大きく超える事は難しかった。

若さ故の将来への計算違いもあった仙一自身が、失望の縁に追い詰められていたそんな時、家族の行く末を気遣った父の弟の弥平の口利きで、仙一は伏見の蔵人として弥平の一行に参加する事になった。昨年の秋に上京するまで、自分はこれまで通りの日々をそれなりに過ごしてきた。杜氏はじめ、蔵人達や一夫の下で働き、先行きの見えない迷いが自分にはあった。

大所帯の賄いの仕事、一夫がうるさい程話しかけてきても、周りと調和を取ってそれなりに絆はできていた。しかし今、郷で楽しく温かい愛に溢れた家族と一緒に過ごしていても、仙一に付きまとう孤独があった。以前には感じた事のないこの孤独は八重子による、彼女のいない孤独が仙一にまとわり付く。自分は今、どうしたのか、一体何をしているのか。

故郷の家を出る時、弟の尚や一恵そして母までも寂しさが顔と身体全体に溢れ、その場を離れがたい仙一だった。やがて来たバスに乗車し、家族の姿が遠のいていくと、振り切る様に頭を切り替え、伏見に想いを馳せる様にした。

人間の気持ちとは如何に脆いものか。


新年の5日、久しぶりに帰ってきた伏見。

仕事始めの朝、仙一はいつも通り暗いうちから起き出した。

年が明けてまだ1週間も経っていないのに、正月の所為か、全てが新しく綺麗になり、穏やかな陽の光の所為も手伝って、清々しさと進化する街を改めてこの伏見に感じていた。

まだ戦後の終わっていない今のこの時代でも、故郷の田舎とは比べようもなく活気に溢れた街の喧騒があった。

仙一は、朝ご飯の後片付けをした後、場所を移りいつもの蔵の雑作業を始めた。

まさしく仕事始めである。仕事の合間の気分転換に会社の門を出て市電通りを眺めた。

正月の三ヶ日は明けたが、それでもまだ晴れ着を来た人が行き交い、前を通る市電も、御用始めの小型自動車もピカピカに磨かれ、朝日を浴びて、光り輝いている様に見えた。

仙一の、頭から切り離す事の出来ない八重子の住まいの方角に顔が向いてしまう。丹波橋停留所から発車した市電が、中書島に向かって走っていく姿の後を追う様に、目がその先の八重子の家の方角を見る。彼女とは年末には会ったが、仙一が帰郷をして以来、そのまま彼女とは会えていない。しかし今、仙一の身体の芯に微かにあったものが、徐々に大きくなり、消す事の出来ない激しい炎の塊となって揺らぎ始め、身体全体を覆いつくしそうである。

八重子の存在が、仙一の理性を覆い隠し、再びあの〝八重子〟が仙一に絡み付く。

安原は、八重子の中で自分の存在感が、微妙に変化し始めている事が気になっていた。最近、彼女と愛を交わしていても、満足感に微妙な隙間がある事を感じていた。今までは家族を第一に考え、八重子とは一定の距離を置いてきた安原。彼女と会うのは精々10日に一度。それでも彼女との間に愛があるのは事実だった。しかしだからと言って、八重子を第一に考え、大事な筈の妻と子供達を置き去りにはは出来ない。

八重子の影の男の存在は、以前から漠然と感じてはいた。そして先日の紹山の男士が訪ねてきた時、今まで漠然としていた事が現実味を増し、八重子を愛するが故の焦りが安原を支配し始めた。安原は、藤田なら何か知っているかもと、藤田に電話をかけ、当てずっぽに聞いてみた。「藤田さん、この前、八重子に酒を届けた奴は何という名前や」藤田は、あの酒は八重子と賭けをして、仙一に届けさせたなどとは口が裂けても安原には言えない。

その事は、自分と八重子だけが知っている賭け。

酒一本で、八重子と若い仙一の、まあいわば身体を賭けたのだから、生臭い話が元にある。

それを知る由もない安原が、藤田に仙一の名前を聞いてきたのだから、藤田は内心ギョッとした。厄介な事が起こる事を予期しながらも、「ああ、うちの若い衆で木本仙一というんやけど、どうかしたんですか」藤田は、仙一の事は最初から八重子との賭けの経緯を分かっていながら、素知らぬふりで安原に言葉を合わせた。「いや、何もない。それだけや」安原は藤田にはさり気なくそう答えた。陰険な性格の藤田は、発端は自分にあるにも関わらずそれは棚に上げて、何かが起こるのではと、密かな暗い予感を楽しみに変えていった。

安原は浅はかにも、その若造に脅しをかけて追い払えばと、侮った考えで昼間の時間にその青年を紹山に尋ねた。「木本さんはおられますか」ところがその時、彼はあいにくの不在で、応対には中年の男が事務所に続く研究室の奥から現れた。

「仙一ですか、木本仙一なら用事で留守にしています。儂はこの蔵の杜氏をしておる木本ですが、何なら要件を聞きましょか」と温厚そうなしかし、威厳さえある風体で安原の前へ出てきた男。柔道で鍛え上げてきた自分より、更に大きな、ここの責任者と思われるこの男、しかもあの若造と同じ姓。自分は邪《よこしま》な気持ちで訪ねてきている手前その男を見て「いえ、じゃあ又伺いますので」と、それだけを言って退却をした。自分からない、その時弥平を見て、僅かだが、ある種の怖気が安原の尻込みを手伝ったのか。

仙一は久しぶりの飯場の仕事に、午前中の大半を費やした。

午後の時間は、飯炊きのおばさんのエイコさんと夕飯の食材の買い出し。今日は年明けの第一日目で、十数名分の食材は、お祝い膳の食材が加わり、買い出しの量がエイコさんと二人がかりでもいつもより更に多い。

仙一は自転車で市場をいつもより回数を増やして往復しなければならない。

それでも買い物は越前の郷に比べれば楽なものである。

その丹波橋公設市場は、自転車なら2分もあれば行けるところにあり、何でも揃う大変便利なところである。タバコ屋の前を通り過ぎる時、一夫がタバコ屋から出てきて「おーい仙一」と、声をかけてきた。「おぅ一夫」と仙一、そんな在り来たりの新しい日々が始まった。

今、仙一は八重子との愛で自分は満たされている筈なのに、この悶々とした気持ちは何処から来るのか。最近、一夫の存在が疎ましく彼の些細な言動にも腹が立つ。今までは一夫のあらゆる事にも寛容で許せてきた。それは郷の弟達に対する様に仙一の中では当たり前の事とし、許すというよりも、温かく見る事が出来た。だが今、この角のある自分の気持ちは何だろう。

自分の中に潜む僅かな黒い靄《もや》の様なくすんだ想いに自分自身でも気がついていた。

これは八重子との満たされた愛と性で、充実した事への裏返しの代償か。

冷めた影を帯びた目でしか世間を見られないのなら、そんな愛は欲しくない。

しかし、初めて掴んだこの愛を捨てるなど、もう考えも及ばない今の仙一。

仙一は、午後遅く仕事が一段落して、公衆電話から八重子に電話をした。

八重子は直ぐに電話には出たが「ごめんなさい、私も貴方の電話を待っていたんやけど今日はちょっと都合が悪いの」と、がっかりする返事が返ってきた。〝今夜は安原が来るのか……〟

仙一は、どうしようもない自我の中で嫉妬の嵐がもくもくと湧き上がる。

仙一は、夕食後の後片付けをして、遅がけに一夫に誘われるまま風呂場に向かった。

手には身体を洗う小さなタオルと、和式の寝間着を抱えていた。

石鹸は風呂に常備されていて、入浴する社員は誰でも、その石鹸を使う。

繁忙期では、蔵人を含む社員の数は、研究所、営業、瓶詰め作業者、事務員なども含むと、全体では数十人になる。その当時の男性達は、頭を洗ってもシャンプーやリンスなどというものは存在しなかった。固形石鹸で全てを賄う、少なくとも社員用の風呂場では。

仙一達は、古い木枠の湿ったガラス戸を、軋み音を立てながら引き開け、湯船の手前で掛かり湯をした。木造の大きな浴室には蒸気が籠り、特に今夜の様な寒い日は窓を閉め湯気がもうもうと立ち、奥で身体を洗っている人の顔の判別も難しい程で、仙一も弥平は直ぐには分からなかった。といっても、会社の人間だけが使う風呂場だから、同じ会社の誰かである事は分かる。弥平は、他の人とは違う大きな身体に見合って声も大きい。

そして、向こうから仙一に声をかけてきた。「おーい仙一、こっちえ来んか」湯気の籠った湯殿で、向こうから顔は見分けられないまでも、身体の大きな仙一は直ぐに分かったのだろう。

一夫は不満気に黙って顔をしゃくり、弥平の方へ行く様に促した。

黙ったまま仙一は、湯船の淵を伝って弥平の方に向かって歩く。

一夫は、今夜こそ暮れからの自分の知らない、郷に帰るまでの仙一のブランクを埋める為に本人からそれを聞こうと思っていた。あのちょっとしたスキャンダルを、本人の口からは未だ聞き出していない。時間がなかったというよりも、いかに一夫といえども、その事自体を聞く事は憚られる気もしていたが、新年の仕事始めで今がこのタイミングと。

だが、いきなり弥平に呼びかけられたのでは、又暫くは仕方がない。

一夫も仙一の後ろから湯船の淵をトコトコ付いていった。

弥平の近くまで来て、仙一の後ろから挨拶をする。「今晩は親方」「よぅ、一夫も一緒だったか」そりゃ仙一の後ろから来たのでは、一夫が見えなかったのは仕方ない。

一夫の背丈は仙一の肩辺りまでしか無い。だから、弥平から直ぐには一夫が見えなかったのも無理はない。仙一は「親方、背中を擦りましょか」「おぅ、そうか、すまんなぁ」薄いタオルに石鹸をたっぷり塗り、弥平の背中に取りかかった時、仙一はいつも見ている弥平の背中の大きな深い傷跡に思いを馳せた。戦地で負傷したのか、それを一度問いかけたことがある。だがその時は「昔の傷や」と、口を濁しただけで、それ以上の言葉は進まなかったし仙一も聞けなかった。他人に言いたくない辛い記憶があるのだろう。弥平の傷に触れる時、戦死した父への想いを重ねる自分がそこに居た。今までにも何度もしてきた事だが、普段から一夫の背中を洗わされてきた仙一にとっては、比べようもない程弥平の背中は広く、肉付きも良く滑らかだった。父もこんなだったのかと、想像で弥平と、父を比べてしまう。

「一夫も背中流したろか」「……」仙一が弥平の甥である事が分かっている所為か、やはり弥平の前での一夫は、いつも一歩下がって無口になる。

仙一は口には出さないが、弥平の後では一夫の背中があまりに小さい。

ただ、一夫の背中は、若さゆえの石鹸を流す湯が、はち切れて直ぐに何処かへ消えていく。

仙一が、一夫の背中を流している横で、弥平が「すまん、忘れてた、お前が買い出しに行って留守の時に、安原という人が訪ねてきた。用件を聞いたら、〝お留守なら又来ますので結構です〟と言っていたんで、それ以上は聞かんかった。仙一、何か困った事でもあったら儂に言えよ」弥平も訪ねてきた安原を一目見て、彼の内面に潜んだ得体の知れない翳りと闇を弥平なりに感じていた。

それを聞いた仙一はドキッとした。心臓が急に大きな存在となって、脈を打って目の前に波打って広がっていく様な気がした。そして、その事を聞いて急に八重子の事が気掛かりになってきた。八重子は今どうしているんだろうか。

安原が、昼間仙一を職場に訪ねてきた事を、八重子は知っているのだろうか？

安原は、自分に一体何を言いに来たのだろう。それとも、何かを聞きに来たのだろうか。

安原はおそらく、仙一の事を仮定、あるいは憶測で八重子との関係を嫉妬し自分を訪ねてきたのだろう。仙一にとって、安原との接点は八重子しかない。

専務の藤田が、何かを知っているかも知れないが、藤田にそんな事は聞けない。

安原が、仙一を訪ねてきた事は多分、八重子も知らない事で、もし表立って動き出したら八重子は安原を見限る事に繋がるかも知れないと、そこは仙一なりに考えていた。

今はもう、八重子にとっても、自分とはより親密な関係になっている事は仙一にも分かる。

しかし今、八重子に会って、彼女が自分をどう考えているか、その事を改めて確認する必要があると思った。もう八重子の事は充分に知り得ている筈の自分だが、今までに八重子と言葉でさえ契りを交わした事はない。安原に会う時の為、今の八重子の自分に対しての気持ちを確認しておきたい。仙一は、慌てている素ぶりを一夫に気づかれない様に、そそくさと身体を洗って湯に浸かった。湯船に浸かり一夫の方を覗き見た。

一夫は、親方の弥平が目の前にいる事もあって、妙に静かであまり仙一には話しかけず、いつもの一夫らしさはなかった。

仙一は、大きな古びた木枠の湯船に浸かって外を眺めると、湯気で霞んだガラス窓の外は雪がちらつき、冷え込んだ外の空気を感じていた。

一月も始まったばかりで、春はまだ随分と先である。

8. 戦慄の出刃

八重子のところは、ここから歩いてもたった3、4分で行ける距離。

腕時計を見ると今は午後8時を大分回っている。

仙一は「先に上がってるで」と、一夫に声をかけ、そそくさと寝間着を着てデンチを羽織って外に出る。外はさっきから雪がちらつき寒さが増してきているが、風呂から上がりたての仙一に寒さは感じない。気持ちが高揚している所為かむしろ汗ばんでいる。

布団を敷いた部屋に入るなり、今着たばかりの寝間着を脱ぎ捨てる様に布団の上へ置き、越前から帰った時のまま、かけてあった服に手を通し、靴を履くのももどかしく表へ飛び出した。その時、一夫が風呂から帰ってきて「仙一どおしたんや、こんな時間に何処へ行くんや」

仙一は、一夫の止める様な仕草に悪いと思いつつ、しかし気にとめる様子も見せず黙ったまま木戸から外へ出た。

　雪がちらつき、線路の敷石がうっすらと白く仙一が行く方角へと続いている。

　こんな夜は、人が戸外を歩かないのか、まだ9時にもならないのに人っ子一人歩いていない。

　仙一は、寒さから身を守るかの様にジャンパーの襟を立て、ポケットに手を突っ込み歩を進めた。八重子の家の前まで来た時、路地奥の電柱の外灯の灯りの当たる箇所はすでに薄雪で、舞台照明の様に、そこだけ明るく白く輝いていた。八重子の家は、明かりが点いて留守では無い様だ。「今晩は！　木本です」訪問を告げた後、仙一は自問した。今、自分の不意の訪問に八重子はどう思うか。昼間、今夜会おうと電話した時「都合が悪い」と断られている。

　昼間、仙一の蔵への安原の訪問は八重子に届いているのか？

　おそらく、八重子の知らない事で、仙一のこの訪問で答えが出る筈だ。

　既に、八重子宅の内側のガラス戸の前に立っていた仙一は、家の中から八重子の「はーい」という明るい返事にホッとして、ガラス戸が開くのを待った。

暫くの後、ガラス戸が開けられ、八重子が前に立った。

年が変わって初めて会う八重子。

初めて八重子に会ってから、これでもう何度目になるか。

仙一が、前に会った時から更に頭の中で考える八重子は、自分の中ではもう充分に深く知り得て旧知の関係である。仙一の中での八重子は、もう離れる事の出来ない深い関係になっている。

黙って前に立っても、既に二人は無言で意思の疎通が出来るのだと、仙一は思っていた。

それは、仙一の勝手な思い込みになるのか。今、八重子に会い、そして八重子をこれから抱くのだ。今の仙一の考えに、他の事柄を挟む隙間はない。

いつもの様に、目眩く瞬間が今直ぐそこにある。

八重子はしかし、仙一の訪問が嬉しいという表情で迎えてはくれなかった。

八重子の額からは、真冬だというのにうっすらと首筋や額に汗が滲み出ているのを仙一は見た。

仙一の不安が当たった。奥には人の気配、そしてやがて男の声がした。

大して距離のない木の廊下を、大きな足音を立てて仙一の前に現れたのは安原だった。

初めて会う安原。素肌に浴衣をまとった格好で、素足で仙一の前に立った。

それは、明らかにそれまでの事態を物語っていた。

改めて八重子を見ると、八重子も浴衣の上から甚平は着ていたものの、さっきまでの部屋での様子が、どんなであったかを想像の出来る格好をしていた。

仙一は、どうやら来てはならない時に、訪問した様である。

所帯持ちの安原が来ていたとしても、こんな時間まで八重子の家にはいない、という仙一の予想は見事に悪い方へと外れた。安原が言葉を吐いた「お前が木本仙一か。こんな時間に人の家へ何しに来たんや」〝何しに来たんや〟は仙一が吐きたい言葉。

そして安原は続けて言った。「お前がこの前八重子と寝た男か」と。

顔を八重子に向けたまま、仙一にハッタリをかけている。

どうやら仙一の事は、おそらく藤田から聞き出したもので、それ以外からの情報や関連はない様だ。八重子が「違うわ、紹山からお酒を届けに来てくれはる男士さんなんよ」

その場が修羅場になる様相で、でも八重子が困って繕う嘘を安原に吐いている。

どうやら八重子は、安原に新しい男が出来たなどと白状した訳ではなさそうだ。

安原が、おそらくは藤田から聞き出したのは仙一の名前。その他の事は憶測だけでそう言葉を吐いただけだった。仙一の容貌を見て、八重子と寝ただろう男はこの男と直感したのか。

美貌の若者が今、八重子を訪ねてきた。

いや、昼間酒蔵へ仙一を訪ねていったのはもう既に、その疑いが濃くなり、それを確かめる為の訪問で、本人がどんな人物かを確認したかった。そして、自分が八重子の男だと、そして仙一には彼女から身を引く為の脅しをかける積もりで紹山へ行ったのだが、その時は仙一には会えなかった。以前から八重子に別の新しい男がいると、僅かながらの疑いが、この時に確定的となってここに現れた。安原の直情的な気持ちが治まる気配は一向になさそうで、仙一はそれを見て後退《あとずさ》った。今までの自分の人生の中で、この様な過度な憎しみの籠もる興奮をした人間に遭遇した事のない仙一。握りしめた両方の拳が、外気の温度と相反して固く握って熱を帯びている。この時、仙一は初めて安原を目の前に言葉を吐いた「あんたが昼間、蔵に儂を訪ねてきた安原か」

そして「儂が何であんたに遠慮うせんとあかんのや」

安原が子供もある所帯持ちで、八重子との不倫の関係である事は仙一も知っていた。訪問をしているのは仙一で、本来は遠慮が手助けをして下手になる筈。

だがこの時の仙一は一枚剥がれたのか、もう誰にも口を挟《さしはさ》むだけの隙間を与えず大きな身体に自信が宿り、安原に対峙する気持ちが盛り上がり、堂々とした一個の男性としての品格さえ感じさせた。八重子を愛するという想いから来る気持ちが、仙一を一歩前へ押し進めた。安原にしても、学生時代から今まで、柔道で鍛えた身体はそれなりに立派だが、仙一の体躯そのものは、他者を寄せ付けない身体付き。

安原はそれを見て、余計にその場の二人の関係が疑いから確信に変わり、八重子と仙一を前に、どうしようもない嫉妬が、燃える上がる炎の勢いになって追い立てられた。

その場の八重子は、安原と仙一の激しい形相で修羅場になりそうな状況にも関わらず、既に扇情的な目で行方を見守る。この二人のやりとりは、八重子自身が二股をかけて作った縺《もつ》れから生じたものである。だが、八重子はその時、内心、目の前にいる二人をさっきまでいた部屋へ共に招き入れ、三人で絡み合う目眩く性の狂宴を想像し、その様な展開が出来たらと、淫らな自分の空想を垣間見ていた。八重子は奔放で、あらん限りの性を楽しもうとする性格。

今の八重子の心の内をもし、仙一が見て取れば、もう少し違った見方で冷静になれたのではないか。と、その時安原は、踵を返しドタバタと廊下を部屋の奥へ消えた。

そしていきなり台所から、出刃包丁を手に握り締めて二人の前へ現れた。

仙一は、後退り「何すんのや」すると安原が「殺したるっ」と、玄関先の土間に、乱れた浴衣のまま裸足で出てきて仙一に突きかかった。

八重子が、常に安原の性格の陰に潜む不安な材料は正しくそこにあった。

安原は、少年時代からの長い年月を柔道に費やしてきたにも関わらず、精神面にそれ程の鍛錬の成果は授からなかったのか。

バーの客だった頃も逆上した事が何度かあった。他の客が、八重子にちょっかいを出しそうになると嫉妬から本気で怒り始め、相手次第では刃傷沙汰になりそうな事も何度かあった。

文字通り〝美貌〟の八重子が相手だからか。

八重子が、店を辞めたのにはそんな事情も背景にはあった。


しかし、その時の仙一は素早かった。

田舎相撲を、ちょっとかじった程度の運動経験。

さっと横向きに身をかわし、そのまま横から両手で安原の包丁を持つ右手を掴み、もぎ取る様に安原から出刃包丁を奪い取った。

仙一はその時、その出刃包丁で自分の右手の平を切ったが、躊躇なく、奪い取った出刃包丁をその右手で持ち直し、俯けに倒れかかってきた安原の腹に突き上げた。

理不尽とさえ思える、いきなり襲ってきた安原に憤りを感じた一瞬の反応だった。

仙一の、勢いの付いた出刃包丁は、右手から滴る血と共に思いっきり深々と安原の腹に食い込んだ。

しかし仙一自身、自分でもそんな反応をすると思ってもいなかっただけに、その場の成り行きに我を恐れた。安原を刺してしまった。

仙一は、血の滴る右手から放る様に出刃包丁を床に落とし、その場に立ち竦んだ。

やがて、八重子が仙一を恐れる様に後ずさりをして、喉から絞り出す様な悲鳴を放った。

仙一は、安原から出刃包丁を奪い取った時に受けた自分の手の傷などよりも、自分が安原を刺したその事に動揺していた。

八重子が悲鳴を上げなければ、対処は変わっていたかも知れない。

八重子の悲鳴と共に、仙一は玄関から飛び出し夜陰に身を任せた。

血が滴る右手を胸に抱え込む様に歩いた。カーキ色のジャンパーの胸が、安原の傷口から出た血と自分の血で真っ赤に染まり、ズボンにも血が滴り落ちていた。自分は人を殺した。

あまりに大きな恋の代償が、人殺しという悲劇に支払われたのだ。

自分の未来は、全てあの八重子との色恋で、消失してしまった。

郷の家族に申し訳が出来ない、もう帰れない。会社での仕事にも、もう自分の未来はない。

これなら、安原から出刃包丁を奪い取らず、自分が安原に刺された方が良かった。

本当は、その方が全てが丸く収まったのに。

八重子の悲鳴は、仙一を愛する女の口から出た悲鳴ではない。

自分の口を両手で押さえて、放出する様に悲鳴を上げながら、仙一から距離を空け離れていった。八重子の表情からは仙一の為の思いやりや心配の色は届かなかった。

八重子が叫んだ悲鳴は、自分に及ぶかも知れない恐怖から来る、反射的に口から吐《は》いて出た本心。仙一を気遣ったり、仙一への愛情のかけらも感じないただの悲鳴だった。

仙一はその場で、八重子の自分に対しての気持ちの全てを感じ取り、その全ての諦めと共に、そそくさとその場から退去した。

そうするしかなかった。自分は多分安原を殺した。

八重子が救急車と警察に電話はしてくれるだろう。

あれだけの、深く突き上げた出刃包丁の傷は安原の致命傷に成るだろう。

自分は今からどうするべきか、まだ血が流れ落ちる右手を胸に抱えてトボトボと、
市電の敷石の上を歩いた。雪は止んでいるが、うっすらとだが辺り一面の白い銀世界

に、足跡を残しながら会社に向かって歩く。胸に抱えた右手の血が、衣服を伝って僅かだが雪の上に辿って後方の闇に消えていった。

仙一は、ただただ愚かな自分の犯した罪の重さと、そして八重子を思う気持ちの行き場をなくしてしまった悲しみ。自分は八重子を愛していると思ってきた。

しかしそれは肉欲に溺れただけで、八重子その人との性に魅了されていただけで、愛などではなかった。元から愛を育む様な関係ではなかったのだ。

仙一は、自分の犯した罪の深さに耐えながら自問自答していた。

先ず、自分はこれからどうするべきか。

しかし、考えは走馬灯の様に巡るだけで、考えがまとまる訳ではなかった。

破滅への道筋のみが明確に、はっきりと行き先を示していた。

薄雪の上に、自分の手から落ちる僅かな血の滴りと足跡を残す。

薄雪明かりの夜道をとぼとぼと歩く仙一の脳裏を、越前の尚や一恵そして母の顔が掠めた。

郷の家族に会いたい。

女との関係の末、男を刺して殺したかも知れない顛末を母にどう説明出来るか。

今、仙一は自分のした事を振り返り、恥ずかしさと恐ろしさを持て余し、誰か他人に打ち明けたい、聞いて欲しい。自分の犯してしまった罪を誰か、人との対話で新しい局面が見つかるかも知れない。他人なら冷静に自分の立場に立って、解決方法を考え出してくれるかも知れない。

しかし、その事を誰が分かってくれるか。

あの目眩く女性との関係が齎《もたら》した結果にしては、あまりに大きい代償を払う事になった。

自分は純粋な愛と思っていた事は、誰でもが普通に経験する行為で、言葉などには出さず、愛と喜びの時間を二人の特別な事として、夫婦となれば世間が認めて公に許される男女の関係となる。

仙一が安原を刺した包丁は、安原を殺そうと用意して持っていった訳ではない。

しかし、揉み合った末に奪った包丁で、相手を刺してしまった事実は動かない。

もう、引き返す事の出来ない事実として、罪を償う以外の方法のない事を、仙一は分かっていたし観念していた。又、雪がちらついてきた。

とてつもなく重い気持ちを抱えたまま、自分の会社の近くまで戻ってきた。

あれから時間はまだそんなには経っていないが、高揚した気持ちのまま帰ってきた。

寒い夜道を歩いてきた所為で、気持ちとは裏腹に身体は冷え切っていた。


会社の門の手前まで来た時、あの少年の家から漏れた灯りが、雪の道をうっすら温かく照らしていた。

そういえば、去年のクリスマスにはあの子にガッカリさせてしまった。

田舎出の自分には、考えが及ばなかったあのプレゼント。

郷の尚と重なる晋次は街の子である。

それに、晋次の年頃の子供はまだクリスマスやサンタクロースで、目眩く想像上の情景が心を掴んで離さない。クリスマスイブのサンタクロースがトナカイに引かれたソリに乗って、プレゼントを枕元に置いていってくれる事をまだ信じている年頃の少年。


話は少し遡り、クリスマスまでにはまだ少し間のある、ある日の午後。

仙一は、会社内の倉庫の近く、廃材の積んだ一角で晋次と出会った。

彼は、母のハルに会いに来たが、仕事中の母には相手にされず、帰るところだった。

「ぼん、瓶詰め工場へ行ってきたんか」「うん」もう直ぐクリスマス。

晋次は漏らす様に「サンタさんは来るかなぁ。僕にも何かくれるかなぁ」と呟く様に仙一に言った。「ぼんは何が欲しいんや」「僕は何か美味しいお菓子が欲しいかなぁ」

仙一は、晋次の母親には時々夕ご飯をご馳走になり、貧しいながらも、温かく受け入れてくれて、その父親共々馴染みになっていた。暫くして、そのお返しという事もあり、自分にもよく懐いてくれていた晋次に、クリスマスの間近、公設市場近くの和菓子屋で、一口羊羹の箱入りの詰め合わせを包んでもらい、「ボンこれクリスマスやで」と、晋次に手渡した。

仙一は、今でも手渡した時の彼の顔が忘れられない。

何とも妙な、彼の受け取る時に言った「ありがとう」と、その時の表情が、何を意味するのか仙一には咄嗟には分からなかった。しかし、彼のその微妙な表情は和菓子と分かる茶色の包装紙が、クリスマスではなく正月なら良かったのだが。

赤や緑などの綺麗なリボンで包んだ〝クリスマスの品〟が、その時期の子供を喜ばせる。言い換えれば、和風の包装紙は、鈍感な子供でさえクリスマスとは程遠い物である事は分かる。あの時、あの子にはがっかりさせてしまったな。

人は、思いつめて気持ちに余裕がない時でも、瞬時に他の事を考える隙間があるんだなと、切羽詰まった中で仙一は考えていた。

クリスマスプレゼントに、箱入り羊羹を晋次に渡したあの時に戻りたいと思った。

あの時、羊羹ではなく、せめてクッキーにしてやれば良かった。

あの瞬間からやり直したかった仙一が、今ここにいる。

その晋次の家の直ぐ向かいに、もう自分の帰るべき会社の門が見える。

雪でうっすらと白くなった夜道を会社の前まで来た時、遠くからサイレンの音が夜空に向かって消えて行く。あれは八重子の家に向かったパトカーか救急車の音に違いない。

昼間は開放的な会社でも、この時間には門の扉はもう閉まっており、鍵のかかっていない、横の通用門をくぐり抜けて中に入る。

御影石の数段高い上にある事務所の明かりは、まだ点いていて誰かがいる様子。

仙一は頭を低くし、窓から射す明かりを避ける様に屈んで暗闇の奥に進んだ。門から歩いても数分はかかる最奥部、用事のない限り誰も行かない、今は使われていない廃材や不要の工具、それに古い酒樽なども収納してある大きな倉庫が幾棟かあったが、その倉庫群の中に、焼却炉の煙突が高く聳える、とりわけ大きな建物があった。

その炉も、長い間使われずに今は冷え切って分厚い埃が溜まっている。

仙一は、鍵のかかっていないその倉庫の中に入り、奥の板の間に梯子をかけて中2階の空間へと上がった。誰にも会わずに、もう一度今日の出来事を振り返って考えてみたかった。

背の高い仙一でも、立って動ける充分な高さと空間がそこにはあった。

仙一は昨年の冬から、その建物がある事は知っていた。

戸口には、廃材など多くの物が立てかけてあり、一階の入り口から中を見回しただけではそこの空間は誰も気づかない。まめな一夫でさえまだ知らない筈の場所。

その中2階の隅に、今は使われていない布団が数組畳んで積んであった。

触ったところ、湿気は少し感じるものの、使えそうな物を敷いてみた。

右掌の傷は、その辺りで拾った布切れを巻きつけて血は止まっていた。

病院へ行って、傷口を縫合してもらう必要はありそうだが。

仙一は、凍える身体で、古い布団の上に両脚を抱えて座り、自分の起こしてしまった事を再び反芻していた。

今夜の、自分が起こしてしまった大きな過ちを振り返り、改めて身震いをした。そして当てどもなく後悔が頭を巡る。まだ成人にさえなっていない自分が、女と関係を持ち、その挙句包丁で人を刺した。人を刺したといっても、相手が持っていた包丁を格闘の末、奪って弾みで刺した、いわば正当防衛で、しかし相手がもし死亡した場合、軽くとも過失致死罪にあたる事柄である。

仙一は殺人を犯してしまったかも知れない事実を、客観的に考える冷静さに欠いていた。

思いつめた自分は、八重子の家へ押しかけていった末、他人を刺してしまった事だけが重く今の仙一にまとわり付く。奪い取った包丁を、何で持ち替えて相手を刺してしまったのかが悔やまれる。誰にも相談出来ず、絶望だけが増幅し、寒さも身に沁みて悲しく膝を抱えて涙した。

おそらく安原はあの後、八重子が呼んだ救急車で病院に運ばれただろうし、悪くすれば刺した箇所によっては命取りになる。その時の仙一の手に残る刺した感触の記憶は今も鮮明に蘇る。

人を深く刺してしまった感触は、一生この手からは消えないだろう。

明日の朝、弥平に頼んで伏見署へ出頭しよう。

しかし、もし安原が死んでいたら自分は死刑に成るかも知れないと、若さゆえの過剰なまでの想いに仙一は一人ごちた。安原の腹を刺した包丁を抜く時、彼から溢れ出る血と、自分の手から出る生温かい血が入り混じり、八重子の玄関の土間に、みるみるうちに血溜まりが出来た。

玄関先の電灯の反射光が、その血溜まりを捉え、仙一にはそれがまるで奈落に通じる入り口の様に見えた。

仙一は常に善人だった。人の気持ちを汲んで、その人の立場で物事を考える、常に思いやりが仙一を支配していた。

一夫の料理を手伝っていた時、一夫が自分の手を深く切った時でも、仙一が自分の手を切った時の様に気遣った。そんな仙一が、他人を傷付けて、その上自分で手も切った。

9．父の温もり

仙一は夢を見ていた。

父の泰平に手を引かれ、路面電車の線路の石畳を歩いていた。

眩しい陽の光と、父の手の温もりと安堵感、そして喜びを身体一杯に感じていた。

と、突然戸外の微かなざわつきで夢から目覚めた。

戸外で、人の声と懐中電灯の光が、汚れたガラス窓を通して入って来た。

自分がここに居る事が分かったのか。

夜中なのに複数の人の声、それは紛れもなく自分を探している人々のざわめきだ。

杜氏の弥平、それに一夫の自分を呼ぶ声「仙一ーっ」

仙一の不安がさらに募った。自分は山狩りで追い立てられる鹿。

狩人が、猟銃を持って笹の茂みを追い立て、逃げ場を求めて走り回る鹿を自分に重ねた。

自分はこの窮地から抜け出せるのか。

自分が作った問題を、放っぽり出して先へは進めない事は若い仙一にも分かる。

絶望が、仙一を支配し始めていた。

冷静に考えれば考える程、絶望の黒い霧が思考に入り込んでくる。

今、誰か身近な人が横にいれば、少しは吐き出せる窮地の現実。


階下でガラス戸を引き開ける軋み音がした。

仙一の居る場所からはまだ少し距離がある。

仙一の、胸の鼓動が早鐘の様に自分の頭に鳴り響く。

今、仙一の考えは、その場から速やかに逃がれる事以外思い付かない。

思い切って、ゴミと埃のこびり付いた古い木枠のガラス窓を、軋ませながら上へ押し上げた。

ガラス窓は、音を立てながら何とか半分開ける事が出来た。

上半身を乗り出して、煉瓦造りの煙突に取り付けられた錆びた鉄梯子に、手をかけた。

大丈夫そうだ、意外にしっかりしている。

上を見上げたら、暗闇の中からでもかなりの高さを感じる。

仙一は高所への恐怖か、寒さも手伝ってか身震いをする。

上を見上げると、隣の倉庫の屋根との間から、雪をちらつかせていた雲は切れ、白い雲の間から星の瞬きが見える。

錆びた鉄の梯子を一段ずつ上っていくが、手足が悴《かじか》んで思う様に上れない。

やがて、古びた煉瓦造りの煙突の上方と屋根の庇が見えてきた。

後ろを振り返ると、暗くて見えない下方は、奈落の底の様な気がした。


屋根瓦の上に足をかけると、雪降りの終わりを告げる様に、冷たい雪片が緩《ゆる》やかな風に乗って仙一の頬を掠めて消える。

東の低い山の稜線が、微かに白みがかって、一番星の瞬くのが見えた。

直ぐ暁《あかつき》だ。

大屋根の向こう、建物の遥か下から再び弥平の「仙一っ」と呼ぶ声がした。

自分を心配してくれている。

重なる様に「仙一っ」と呼ぶ一夫の声もした。

仙一は、一夫の叫ぶ声が涙声の様な気がした。

こんな自分の為に、心配をして涙さえ流してくれるのか。

仙一は、再びふっと真上の空を見上げる。白く浮かんだ雲の間から星が見える。

仙一は、為す術をなくして追い詰められた鹿。

やっと成長をし始め、生えた立派な雄鹿の角が今、無惨にも突き上げる目的を無くして、空を切る。

警官だろうか、近くに居る男の止めるのも聞かず、それを振り切って梯子を上ってくる弥平の荒い息遣いが聞こえてくる。

「仙一っ」弥平が大屋根の庇近くまで上ってきて、再び仙一を呼ぶ。

弥平には、もう既に仙一の犯した罪とその顛末は、察しが付いているのだろう。

しかし、弥平が今、考えにあるのは仙一の身の無事。

弥平は、どうにかして今の仙一を大屋根から安全なところまで誘導したかった。

弥平は、大屋根の瓦の上へ足をかけ、少しずつ仙一の元へ近づいてきた。

出始めた光明が、二人の顔を浮き上がらせてお互いの気持ちを読み取れる距離まで近づいた。

仙一が「親方、儂はもうあかん。他人を傷付けて殺したかも知れん。八重子さんにも愛想をつかされてしもうた」と、叫ぶ様に口から吐いた。

すると弥平が「お前はまだ若い、いちからやり直して出直すんだ。下りてゆっくり話を聞こう」と、近づいた弥平が、仙一の上着の肩を掴んだその時、まだ足元は暗く、しかもスレート瓦の屋根には薄雪があり、弥平の傾いた身体を掴んだ仙一と組んだ格好で屋根から滑り出した。瓦に人の重みで出る軋み音が下の方へも伝わる。

普通の家とは違い、この建物はかなりの高さがある。

二人とも、相手以外に掴むもののないまま空を切って、大屋根から飛び出した。

二人はもつれる様に、お互いに喰らい付き、虚しい動きで、空を切って落ちていった。

仙一はせめてもと、叔父の弥平を庇う様に、自分が下でクッションになる様に努めた。

たった数秒の、落下の中で仙一は、短い自分の一生を顧みていた。

あまりに悲しい回想であった。


数える程しかおんぶされた事のない幼い自分が感じた、父の泰平の背中の温もり。

母、静子の溢れる愛情の眼差し、大好きな兄の仙一を見る弟と、妹の眼差し。

一度、家族で突いたすき焼きが美味しかった。

あれは仙一が最初に帰郷した一年目の春、初めて伏見から帰る時に財布を叩《はた》いて買って帰ったすき焼き用の牛肉。あの日は、明るい春の日差しを一杯浴びたバスに揺られて、みんなの待つ郷へ帰った。家族の、嬉しい温かな笑顔が、仙一を包み込む一瞬の記憶。

もう誰にも会えない。

今、改めて家族の大切さが身に沁みる。

〝母さん、尚、一恵、みんなは自分を許してくれるか〟

瞬間で、全ての終わるその時、過ぎ去った出来事が絞り出す様に頭をよぎる。

二人の身体は、空を切って地面まで、遮る物も無い。
弥平の下になった仙一の全身で、ズンッと爆発的な衝撃を受けて全てが終わった。

そこには、幼い自分の手を引いた父と、陽の温もりの中を歩く穏やかな自分がいた。

永遠に、続いてほしい自分が今そこにいる。

誰も邪魔をする事の出来ない安息が、光の中にあった。


「このまんま父ぅちゃんと行くか」

仙一は黙って頷いた。

幼い自分なのに行先が分かっている。

そして「父ぅちゃんと一緒なら行く」

「母ちゃんは？」「尚と一恵は？」

すると、泰平は幼い仙一を見下ろして
「母ちゃん達は後から来るよ」

物語は、作者本人の少年時代に、不幸にして自死された青年の名。その他、登場人物、会社名などは架空です。

〈著者紹介〉
古川晋次（ふるかわ しんじ）
京都市伏見区の酒蔵が立ち並ぶ土地で生まれ育つ。虚弱で、周囲と馴染むのが苦手だった幼少期。しかし、8歳の頃に出会った「仙一」という人物に影響を受け、その記憶が今も心の中に生き続けている。戦後間もない時代の、貧しくも美しく、活気に溢れた懐かしい風景と、人々の暮らしを本作に込めた。成人を迎えた20歳には、神戸北野町の某クラブから始まり、多くの人々との出会いに恵まれた。その人達への感謝の気持ちを込めて本作を上梓した。少年になる頃には既にお酒を愛し、成長と共にシェークスピアやゲーテ等、古典文学も読んだが、自分のこの作品の文学性は兎も角、プロットを軸に楽しんで貰いたい。

仙一《せんいち》
儚《はかな》き青春《せいしゅん》の愛《あい》と想《おも》いと悲《かな》しみと

2024年7月17日　第1刷発行

著　者　　古川晋次
発行人　　久保田貴幸

発行元　　株式会社 幻冬舎メディアコンサルティング
〒151-0051　東京都渋谷区千駄ヶ谷4-9-7
電話　03-5411-6440（編集）

発売元　　株式会社 幻冬舎
〒151-0051　東京都渋谷区千駄ヶ谷4-9-7
電話　03-5411-6222（営業）

印刷・製本　中央精版印刷株式会社
装　丁　　弓田和則

検印廃止

ISBN 978-4-344-69105-6 C0093
幻冬舎メディアコンサルティングＨＰ
https://www.gentosha-mc.com/